POÉSIES

DU

Dr BOUTREUX

EX-CHIRURGIEN INTERNE DES HÔPITAUX D'ANGERS ET DE PARIS,
ANCIEN CHIRURGIEN AIDE-MAJOR DES ARMÉES IMPÉRIALES ; EX-MÉDECIN
DES ÉPIDÉMIES DU CANTON DE CHALONNES.

ANGERS,

IMPRIMERIE DE COSNIER ET LACHÈSE,

Chaussée Saint-Pierre ; 13.

1853

POÉSIES.

POÉSIES

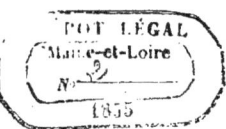

DU

Dr BOUTREUX,

EX-CHIRURGIEN INTERNE DES HÔPITAUX D'ANGERS ET DE PARIS,
ANCIEN CHIRURGIEN AIDE-MAJOR DES ARMÉES IMPÉRIALES, EX-MÉDECIN
DES ÉPIDÉMIES DU CANTON DE CHALONNES.

ANGERS,

IMPRIMERIE DE COSNIER ET LACHÈSE,
Chaussée Saint-Pierre, 13.

1853

PRÉFACE.

—

Loin de moi la longue préface
Qui verse l'ennui promptement,
Qui toujours vient semer la glace
Et le pavot narcotisant.
Par des images passagères
Voilant le plus sombre horizon,
Au sein de travaux littéraires
Je cherchai la distraction.
Mes tristes vers suivaient la pente
Que, sans fleurs, sans parfum chéri,
Ma raison, hélas! peu riante,
Offrait à leur cours trop hardi.

Je vois la critique sévère

Contre moi lancer mille traits,

Devant l'œuvre que j'ose faire

Sans recherches, sans longs apprêts;

Je pliais sous le poids de l'âge,

Sous les coups du malheur affreux,

Quand j'élaborai cet ouvrage

Qui n'est rien moins que gracieux;

A mes amis je le présente

En gage d'un pur sentiment;

L'amitié toujours indulgente

Accueillera l'humble présent.

SUR LES AGES,

POÉME EN QUATRE CHANTS.

Aux mânes de mon Épouse.

En parlant de la femme, ô tendre Caroline,
Oui, je voyais l'éclat de ton âme divine;
Devant moi se dressait de ton cœur généreux
Le charme consolant, toujours délicieux.
Tu fus pour moi la fleur dont la douce ambroisie
Suavement flotta sur le cours de ma vie;
En ton âme j'ai vu l'astre doux, enchanteur,
Qui vint de son rayon me conduire au bonheur.

PREMIER CHANT.

-◦❀◉❦◦-

Je chante d'une voix qu'on doit trouver hardie
Les âges variés qui partagent la vie;
En portant mon regard au sein des changements
Qu'ils impriment sur elle, en tous ses élémens,
Je dirai les besoins qu'en nous le temps amène
Et surtout les bienfaits que verse l'hygiène.
Etude, inspire-moi, viens éclairer mes yeux,
A ma lyre prêter des sons harmonieux.
Un fruit que dès longtemps a rêvé la tendresse,
Enfin vient dans les cœurs épancher l'allégresse;

Après quelques moments plus ou moins orageux
Sur l'enfant vont tomber les rayons lumineux.
En sortant d'un milieu dont la température
S'harmonisait avec la plus frêle nature,
De l'air qui l'environne il perçoit trop souvent
Le contact douloureux, au sein d'un air glaçant.
En réprimant soudain la gaîté conjugale,
L'accent de la douleur à tout moment s'exhale;
Il vient surtout navrer d'une mère le cœur;
Du plus bel horizon s'assombrit la couleur.
Du sentiment trop vif qu'on éloigne l'épine,
En sachant protéger la faiblesse enfantine;
Qu'environné des soins de l'incubation
L'enfant puisse braver la plus froide saison.
Le duvet moelleux qu'un doux nid vient suspendre,
Montre le soin touchant de l'amour le plus tendre.
Qu'au gré de son ardeur une mère à son lait
Appelle avec sagesse le fruit qu'elle portait.
Le lait est l'aliment que la sage nature
Elabore avec soin pour la frêle structure,

C'est le nectar suave à l'enfant destiné;

Seul, pendant quelques mois, il doit être donné.

Ah! lorsque tous les jours la plus sensible mère

Sur elle voit planer une affreuse misère,

Qu'elle ne peut offrir à son débile enfant

Qu'un lait peu nutritif, un lait insuffisant,

Vous, qu'entoure à jamais l'éclat de l'opulence,

Epanchez les faveurs de votre bienfaisance;

Devant le froid, la faim, versez le doux présent;

Allez charmer les jours d'un groupe si touchant.

Puisse du grand Rousseau la voix si tutélaire

Constamment diriger le doux soin de la mère!

Puisse l'affreux maillot au malheureux enfant

Ne jamais apporter un horrible tourment!

Dans le sein maternel du fœtus chaque membre

A travers les doux flots peut librement s'étendre;

Qu'au berceau l'enfant puisse avoir même faveur;

D'une chaîne précoce éloignons donc l'horreur.

La nature a besoin de la paix, du silence,

Du sommeil, pour former les tissus de l'enfance;

Ne la troublons jamais, que le plus doux repos
Vienne d'une main sage abriter les travaux.
En berçant le doux fruit n'allons pas dans le crâne
Gravement ébranler le tissu de l'organe.
L'âme encore enchaînée attendra quelque temps
L'élaboration de tous ses instruments;
Dans le paisible fruit où le sommeil réside,
Oui, nos yeux semblent voir la frêle chrysalide.
Une métamorphose en lui va promptement
Verser l'heureux bienfait, le plus doux changement.
A ce cri douloureux, qui trop souvent déchire
D'une mère le cœur, succède le sourire;
Comme une brise il erre à ce visage frais
Où l'œil voit de la rose enchaîner les attraits.
L'enfant connaît déjà la nourrice charmante
Qui, sous la pression de la bouche aspirante,
Fait d'un bouton riant suavement jaillir
Un fluide sucré dont le flot va nourrir.
Bientôt s'agrandira le champ de la pensée;
Sous mille impressions l'âme semble oppressée;

Déjà commence à poindre une faible raison;

Dès longtemps préluda la locomotion;

A tous les mouvements un sage instinct préside;

Du ton, de la vigueur l'exercice est l'égide;

Ne réprimons donc pas le désir incessant

Qui toujours fait vibrer les muscles de l'enfant.

Que sur le doux tapis ou la pelouse tendre

Il aille en se roulant exercer chaque membre;

Qu'avec d'autres marmots, en de joyeux ébats

Il tombe, se relève en essayant ses pas.

Donnons, donnons surtout la vigueur la plus belle

A ce riant garçon que le travail appelle;

A celui dont le cœur doit braver les hasards,

Les mille et un dangers autour de nous épars;

A celui dont les yeux en peignant le courage,

Sauront lancer l'éclair précurseur de l'orage

Qui sur un long chemin trop souvent grondera

Devant tant de rivaux que l'envie armera.

Rendons-le familier avec l'intempérie,

L'enfant qu'au dur labeur un triste sort convie.

Qu'il puisse en affrontant nos rigoureux frimats,

A vingt ans se poser au rang des fiers soldats.

Au milieu d'autres soins va la petite fille,

Déjà fine, coquette, à jamais fort gentille;

Loin des armes, du bruit, des chevaux, du tambour,

Elle vient parodier les feux d'un tendre amour;

Laissons-la préluder au doux soin du ménage,

Laissons-la sans ennui faire un apprentissage;

En soignant la poupée, en la baisant souvent,

Elle apprend à verser le soin le plus touchant.

Pour l'évolution de sa frêle nature

L'hommoncule a besoin souvent de nourriture;

Mais sachons réprimer des appétits gourmands,

De l'inflammation funestes éléments.

Que ces masticateurs, ces perles ravissantes,

Instruments de plaisirs et de douleurs cuisantes,

Vers cette bouche où l'œil voit des roses, des lys

Venir se marier les brillants coloris,

Appellent sagement tous les charmes suaves

Qu'une mère facile épanche sans entraves.

D'une saine atmosphère invoquons la faveur,

Elément de santé, d'une belle vigueur;

Quelle heureuse énergie un jeune enfant déploie

Quand sur lui la lumière avec l'air pur ondoie,

Si l'étroit vêtement jamais ne l'enchaîna,

Et si le flot du bain souvent le caressa!

Il est heureux, l'enfant qu'une douce compagne

Va souvent promener au sein de la campagne,

Sur les prés émaillés, sous l'ombrage riant,

Sources d'un vrai plaisir, d'un pur enivrement.

Point d'épices, de vins, de liqueurs diffusibles

Pour un cœur trop vibrant, pour des nerfs trop sensibles,

Eloignons l'alcool aux vertus si fatal,

De l'enfance écartons les éléments du mal.

Il est un aliment que veut l'intelligence,

Une étude propice à l'enfant la dispense;

Oui, sachons cultiver et l'esprit et le cœur,

Alors on fait jaillir la source du bonheur.

En ouvrant des talents, des vertus la carrière,

Sur l'homme le savoir appelle un sort prospère;

Il fera découler l'estime, les honneurs
Et la fortune utile à de généreux cœurs.
De nos livres sacrés la lueur si limpide
Vers la félicité fidèlement nous guide.
Quel bien le savoir jette en nos conditions,
Au sein de nos labeurs, en nos professions!
Mais ne fatiguons pas la jeune intelligence,
Eloignons les dégoûts qu'entraîne la science;
Loin de l'épine on aime à voir briller les fleurs,
Répandons quelque charme au sein de nos labeurs.
Craignez des passions la flamme qui propage
Dans le corps enfantin le plus triste ravage;
Sous les feux de l'envie on le voit languissant,
Comme la fleur en butte au rayon trop brûlant;
Surtout n'allumons pas le feu de la colère,
Pour de frêles tissus parfois si meurtrière.
Conservons chez l'enfant la douce pureté
Qui sur lui vient semer tant d'amabilité;
Image d'une fleur qui perd sa teinte fraîche
Sous l'autan dont l'haleine à l'instant la dessèche,

L'enfant perd sa candeur, le plus suave attrait

Au funeste contact du vice qui lui plaît;

Mais sous le doux rayon d'une étude chérie

Son âme avec splendeur s'élève, est agrandie,

Comme la rose où tombe un rayon pur des cieux,

Elle exhale un parfum toujours délicieux.

DEUXIÈME CHANT.

◦⚬🙵❦⚬◦

Quels riants attributs nous offre la jeunesse!
Là sont partout l'éclat, la grâce, la souplesse;
Dans l'enfance, il est vrai, les cheveux ondoyants,
Le teint frais, la gaîté sont gentils, sont charmants;
Mais dans l'autre saison de la santé la rose
Sur de plus beaux dessins élégamment repose;
D'une aimable fraîcheur l'apogée est venu,
Sur de plus nobles traits son charme est répandu.
Qu'elle est belle à nos yeux, au printemps de la vie,
La femme, objet constant de notre sympathie!

Dans son air, son regard, quelle timidité,

Quelle aimable pudeur, quelle suavité!

Dans ses riants contours, sa taille flexueuse,

Ses membres arrondis, sa démarche onduleuse,

Oui, tout vient nous charmer, éveiller dans les sens

La douce émotion, les feux les plus brûlants.

Dans ce corps moelleux point de brusque saillie,

Rien ne vient se heurter, la courbe est amollie;

Sur le fin velouté brille l'éclat des fleurs;

De la rose et du lys se marient les couleurs;

Dans la bouche mi-close est le riant symbole,

La suave fraîcheur d'une belle corolle;

Lorsqu'en brise un souris l'effleure mollement,

Il sème dans notre âme un charme ravissant.

Aux roses que l'enfance à nos regards présente

Ont succédé les fleurs d'une santé brillante;

Chez l'aimable jeune homme où règnent constamment

La vigueur, la gaîté, l'espoir le plus riant.

Tout formule en son corps une vive énergie;

Le contour s'y relève en palpitant de vie;

Un thorax évasé, des membres musculeux,

Provoquent les travaux les plus laborieux.

Tout dans ses beaux dehors montre de l'existence,

A nos regards charmés, l'éclat, l'exubérance.

Les poils nombreux et fins dont s'ombragent les traits,

Feront de la vigueur l'attribut, les attraits.

Dans le feu du regard quelle ferme assurance !

On y voit le pouvoir avec l'intelligence;

Dans le front pur qu'anime élégamment les ris,

Ne s'imprime jamais la trace des soucis;

Dans ses lignes toujours si largement tracées

Viennent se révéler d'honorables pensées.

Ce beau front, dans les rangs de l'animalité,

Vient de l'homme trahir l'éclat, la royauté.

Dans l'heureuse jeunesse à nos yeux tout décèle

De nobles facultés, une vigueur très belle.

Avec combien d'ardeur l'appétit dominant

Chez le jeune homme vient demander l'aliment,

A son friand palais quel délice ineffable

Savent toujours porter la cuisine et la table!

Quel rapide labeur l'aliment fugitif
Signale en parcourant le foyer digestif!
Un chyle nourricier, élaboré sans peine,
Heurte dans le poumon des torrents d'oxygène;
D'un carmin rutilant il revêt la couleur,
Roule sous le bienfait de la plus vive ardeur ;
Loin d'un cœur vigoureux qu'anime un feu propice
Il va de frais tissus agrandir l'édifice;
Il fournit largement à la nutrition,
Au labeur inconnu de la sécrétion.
A tant d'agents divers le jeune homme accessible
Traduit un beau penser, l'âme la plus sensible;
L'étude vient montrer le feu de sa raison,
Sa mémoire et surtout l'imagination.
Le jugement privé toujours d'expérience
En de scabreux chemins aveuglément s'avance.
Un sang vif et bouillant vient exciter le cœur;
De folles passions s'allumera l'ardeur.
Dans ce cœur noblement éclate la vaillance,
Au milieu des périls le jeune homme s'élance;

2

Ne réprimant jamais des transports généreux,
Il a des pleurs, des soins pour les cœurs malheureux.
L'amour et l'amitié vont dominer son âme,
Y verser tous les feux d'une brûlante flamme.
Souvent la nostalgie a, loin d'objets charmants
Brisé son âme tendre au sein d'affreux tourments.
Son amour expansif, son zèle tutélaire,
Sont tout pour le pays, une amante, une mère;
Mais à trop d'inconstance, à de nouveaux objets,
Des sens toujours fougueux l'appellent à jamais.
Il se berce au doux flot que roule l'espérance,
Flot brillant qui le mène aux roses que dispense
Ou l'amour ou la gloire en de riants lointains;
De la fortune il voit pour lui tomber les biens;
N'ayant jamais heurté les écueils de la vie,
Ignorant les projets d'une perfide envie,
Il voit brisé trop tard le voile officieux,
Qui dérobe au regard tant de vices hideux.
Il a foi dans lui-même, il voit complaisamment
Sa vigueur, ses attraits, son esprit, son talent.

Oui, la présomption qui toujours le dépare
Trop souvent le domine et trop souvent l'égare.
A travers les vapeurs de maint songe doré
Le jeune homme à l'instant vole au but désiré.
Avec quelle splendeur la nature organise
Des éléments nombreux que le nerf électrise !
Tout vient s'harmoniser dans ce brillant dessin,
Et des tissus divers révéler le destin.
Les muscles gracieux, tout vibrants d'énergie,
Se joueront des labeurs réclamés par la vie.
La sympathique voix réfléchit aisément
Le généreux penser, le tendre sentiment.
Quelle mâle vigueur dans' la voix masculine,
Quel tendre sentiment dans la voix féminine,
Chaque sexe d'un tout vient former la moitié,
Sous le tendre lien de la pure amitié.
Pour braver les autans déchaînés sur la vie
En liane la femme à l'homme s'associe;
Elle vient l'entourer de soins affectueux,
Lui prêter sa raison, flambeau délicieux.

La femme doit trouver, sexe faible et timide,

Auprès de la vigueur sa bienfaisante égide;

D'une mère d'abord l'aile abrite ses jours,

Plus tard d'un tendre époux elle attend le secours.

Les ennuis, la langueur, la vague inquiétude,

Une âme qui souvent cherche la solitude,

Voilà ce qui trahit le soupir amoureux,

Ce qui révèle enfin d'un cœur les tendres feux.

Pour l'évolution qu'opère la jeunesse

Donnons les aliments toujours avec largesse.

Proscrivons les habits dont la forme du corps

Gêne les fonctions, entrave les efforts.

Qu'on aille respirer cet air qui vivifie

Dans les champs émaillés, dans la verte prairie;

On projette en ces lieux plus d'animation

Sur les nerfs, les vaisseaux et la digestion.

Que la marche, la course, un aimable voyage,

Que la lutte, l'escrime, et la chasse et la nage,

Viennent du corps entier, en relevant le ton,

Répartir la vigueur et la nutrition.

Que la femme en ces bals où la foule est ravie,
Aille de la beauté signaler la magie;
Elle doit onduler en captivant les yeux,
A travers les torrents de sons harmonieux.
Appelons tous les jours sur l'aveugle jeunesse,
Au milieu des dangers qui l'entourent sans cesse,
Les plus nobles appuis, l'étude, la raison,
Et surtout le bienfait de la religion.

TROISIÈME CHANT.

❧

A sa maturité l'homme au regard présente
Des muscles plus saillants, une belle charpente;
Une peau condensée, un teint plus rembruni
Où la ride légère accuse le souci;
Ce n'est plus le front pur, le front brillant et lisse,
Que le chagrin effleure, où l'impression glisse
En venant retracer la brise qui des eaux
Par son aile un moment vient troubler le repos;
La faim moins dominante avec moins d'exigence,
Des aliments viendra réclamer la présence;

Cependant l'estomac offre dans son labeur,

Dans la digestion, la plus belle vigueur.

Dans un large thorax les flots de l'oxygène

Au chemin du poumon doivent rouler sans peine.

Un sang riche et vermeil en torrents moins fougueux

Sans entraves parcourt les tissus vasculeux.

Des poils luxuriants ombragent la figure,

Traduisent la vigueur, surgissent en parure;

Un léger embonpoint des membres vigoureux

Arrondit mollement les dehors musculeux.

Sous la congestion, effet de la pléthore,

Puisse l'obésité ne surgir pas encore,

Surtout l'obésité qui révèle à nos yeux

Des appétits gourmands, un cerveau paresseux!

L'adulte réfléchit dans sa voix grave et mâle

La vigueur du penser que la raison exhale;

Il sait faire éclater des accents chaleureux

Quand il vient formuler du sentiment les feux.

Quelle vibration, quelle force prospère,

A nos yeux se révèle au tissu musculaire!

Dans un art mécanique, au fond de l'atelier,
Contemplez un moment l'effort de l'ouvrier;
Voyez du forgeron la figure incessante,
Et du fier charpentier la charge si pesante;
Regardez quelquefois ce large portefaix
Dont le bras vigoureux ne se lasse jamais;
Voyez l'adroit chasseur dont l'ardeur éclatante
Va lancer le gibier que saisit l'épouvante;
De la vigueur alors dont l'œil est stupéfait,
Vous saurez voir l'éclat, l'empire, le bienfait.
Mais si, voulant puiser aux trésors de l'étude,
Appuyé sur la table on fuit le labeur rude,
Si perdant l'appétit, d'un léger aliment,
Dans un trop court dîner on se montre content,
Les muscles paresseux qu'un repos atrophie
Ne pourront signaler la brillante énergie;
Aux élans vigoureux, à la belle fraîcheur,
Succèdent la faiblesse et la triste maigreur.
Du soldat, du marin, la carrière brillante
Montre de la vigueur la puissance étonnante;

Ces hommes de la force, au poste dangereux,
Comme de la valeur signalent tous les feux.
La femme, objet touchant que son muscle rebelle,
Loin du fatigant soin, du labeur rude appelle,
La femme, sous nos yeux, se livre aux durs travaux,
Se dérobe au sommeil, au paisible repos;
Pour de tendres enfants, un mari qu'elle adore;
Lorsqu'un mal accablant les brise, les dévore,
On la voit nuit et jour, sans écouter la faim,
Puiser dans la fatigue un malheureux destin;
On la voit trop souvent dans un lointain voyage,
Traduire une vigueur qu'anime le courage;
Elle ose fatiguer des membres enchanteurs
Qu'appellent les coussins, le gazon et les fleurs.
Chez l'adulte l'esprit touche à son apogée;
Au gré d'un beau penser la barque est dirigée;
La mémoire toujours garde fidèlement
Les images que vint graver l'enseignement.
L'imagination d'une forme très belle
Revêt tous les sujets que le besoin appelle.

Et du froid jugement le flambeau radieux
Sait mieux conduire l'homme au chemin ténébreux;
Accueillant pour fanal la sage expérience,
Jamais dans les hasards la raison ne s'élance.
Elle a vu des objets le vrai, le positif,
Et loin du faux éclat tourne un vol fugitif;
Dans tous les vains plaisirs qu'appelle le jeune âge
Son regard n'a trouvé qu'un perfide mirage.
L'homme de quarante ans avec l'adversité,
En des chemins scabreux, a trop souvent lutté.
Ecoutant la prudence et surtout l'égoïsme,
Il met les intérêts avant le beau civisme.
Du manteau des vertus l'ambition souvent
Le drape et sur lui jette un éclat séduisant.
Le plaisir de la table et l'amour d'une belle
Ont pour lui des attraits, le trouvent peu rebelle;
Mais esclave des sens et non jouet du cœur,
Au gré de l'occurrence il règle son ardeur.
Il aime ses enfants et son épouse tendre,
Au sein d'aimables fleurs que l'amour vient répandre.

Ah! qui n'aimerait pas la femme dont le sein
Verse tant de délice au foyer de l'hymen!
Au milieu des objets qu'elle charme, qu'elle aime,
Oui, dans sa bienfaisance elle est toujours extrême.
Le bonheur des enfants et celui d'un époux,
Voilà de son penser le rêve le plus doux.
Si l'âge vient enfin lui ravir bien des charmes,
Combien elle est aimable en ses tendres alarmes!
Combien elle a d'attraits devant le triste époux
Que les déceptions abreuvent de dégoûts!
Des aliments sachons bien mesurer la dose
Pour l'âge où trop souvent la pléthore se pose.
Quand notre évolution a parcouru son cours,
De la sobriété réclamons le secours.
A jamais protégeons la santé de la femme,
Sa nature débile instamment le réclame;
Dans un être où surgit tant de suavité,
Voyons la tige où vint fleurir l'humanité;
Contemplons dans la femme une riante flore
Qui sur notre chemin constamment fait éclore

Les plus aimables fleurs, la rose du bonheur,

Sous la brise d'amour, sous le rayon du cœur.

Le barreau, la tribune et l'imposante chaire,

De l'esprit, des talents, invoquent la lumière,

A sa maturité que l'homme vienne encor

De l'étude puiser le bienfaisant trésor;

Elle sait aplanir la route dangereuse

Où s'élance toujours une âme ambitieuse;

Elle conduit au but qu'on désire ardemment,

Au pouvoir, aux honneurs, à l'or trop séduisant.

De la religion que l'heureux fanal brille

Pour rallumer un feu propice à la famille,

Animer, épurer de civiques instincts,

Et raviver l'amour des principes divins.

Le cœur vient exhaler, image de la rose,

De suaves parfums, au moment qu'il se pose

Sous l'immense bienfait, le céleste rayon

Que verse le flambeau de la religion.

QUATRIÈME CHANT.

—◦✽◦—

Quand sur le front de l'homme enfin l'hiver des âges
A porté ses frimas, ses plus tristes ravages,
Plus de teint velouté, plus de roses, de lys,
A l'aimable enjouement succèdent les ennuis;
Sur des traits dégradés, d'une raison austère
S'impriment la froideur, le triste caractère.
Adieu les doux regards, l'étincelle des yeux,
Le sourire enchanteur, l'accent délicieux;
Sur un derme terni, des cheveux blancs et rares
Signalent à nos yeux du temps les coups barbares;

Des membres décharnés et fléchis sous le poids,
De la nature vont dire les tristes lois.
Des perles qui l'ornaient la bouche est dégarnie,
Avec plus de lenteur la faim est assouvie;
L'estomac paresseux dans l'intestin émet
Tardivement un chyme impuissant, imparfait;
La respiration dans un poumon débile,
Qu'agite avec langueur un torse peu mobile,
Travaille pour le flot moins chaud, moins rutilant,
Qu'avec trop de lenteur pousse un cœur languissant.
Le vieillard, dans sa voix faible, cassée et lente,
Réfléchit les élans de son âme tremblante.
Dans ses pas incertains, guidés si lentement,
Il formule à nos yeux le regret incessant
Qu'à tout moment son âme exhale sur la pente,
Où malgré lui l'entraîne un sort qui l'épouvante.
Il s'éloigne à pas lents des âges enchanteurs
Où brillèrent pour lui tant de suaves fleurs.
La femme tristement a vu s'enfuir les charmes
Qui tous les jours faisaient d'irrésistibles armes.

D'elle ne jaillit plus le nectar bienfaisant
Qui charmait le palais de son timide enfant;
Mais au plus triste soir, au déclin de la vie,
Oui, pour elle s'échappe une exquise ambroisie;
L'esprit reconnaissant dans un sombre chemin,
Lui jette encor des fleurs, vient charmer son destin.
Le vieillard abattu, de son intelligence
Enfin voit arriver l'affreuse décadence.
Sur les sens engourdis que le temps émoussa,
L'impression toujours sans trace glissera.
En conteur le barbon évoque du jeune âge
Les scènes, les plaisirs, qu'embellit son langage;
Il échange aisément contre un charmant passé
Un fâcheux avenir devant ses yeux dressé;
Il s'attache à jamais comme un timide lierre
Aux ruines des temps qui seuls vont le distraire.
Rien ne peut le charmer dans le monde présent,
L'avenir inconnu l'assombrit constamment;
L'imagination pour jamais refroidie
A perdu son éclat, sa belle poésie;

Elle ne saura plus charmer les yeux, les cœurs,

Par de riants tableaux, par des vers enchanteurs.

Et du froid jugement dont la clarté prospère

Au chemin ténébreux versait tant de lumière,

A pâli le flambeau; son débile rayon

Effleure les objets que cerne l'horizon.

Au vieillard qu'enseigna la triste expérience,

L'école du malheur montre la défiance.

Dans les cœurs généreux, dans les belles vertus,

Du vice il percevra souvent les attributs.

Si le vieillard n'a pas les instincts du jeune âge,

Le goût de ces plaisirs que voile un beau mirage,

Il a des passions dont les perfides traits

D'un cœur méticuleux vont éloigner la paix.

Il se voit assiégé par mainte maladie

Que sa faible nature à tout moment convie;

Ses amis ne sont plus, le trépas a sa loi,

Voilà ce qui fera son éternel effroi.

N'abandonnant jamais qu'avec parcimonie

Sa fragile existence au torrent de la vie,

Il veut se cramponner avec ténacité

Devant cet océan qu'offre l'éternité.

Voyant son faible corps, sa timide impuissance,

De ses infirmités connaissant l'exigence,

Il sait apprécier la valeur de l'argent,

Et l'avarice alors le domine souvent.

Sous le poids de l'ennui qui tous les jours l'attriste,

Le vieillard trop souvent à la patrie résiste;

Il ne voit que lui-même, il ne voit que ses maux,

Et ne voudra jamais porter d'autres fardeaux.

La femme cependant qui fit dans un autre âge

Couler un doux nectar, de l'enfance partage,

Et qui d'un tendre amour toujours environnait

Les êtres que l'hymen autour d'elle groupait,

La femme à son déclin vient prodiguer sans cesse

A l'être malheureux le soin de la tendresse;

Elle vient partager le plaisir, la douleur,

En formulant toujours les charmes de son cœur.

Au vieillard dont le corps lentement se répare,

Donnons un aliment léger, tonique et rare;

3

Prescrivons le café, le flacon généreux,

Qui de pâles tissus vont animer les feux.

Par l'habit fort aisé, laineux, calorifère,

Avec soin conservons une chaleur dernière.

Révulsons à la peau, dans les bains stimulants,

L'humeur qui va troubler des poumons languissants.

Que l'air pur, embaumé, des champs, de la prairie,

D'organes abattus réveille l'énergie;

Qu'à l'âme du vieillard l'ombrage gracieux

Rappelle quelquefois des souvenirs joyeux;

Puissent de nos oiseaux la douce mélodie

Et de brillants chanteurs la sublime harmonie

A son cœur attristé porter suavement

L'oubli de tous les maux, l'heureux enivrement!

Pour le triste vieillard, devant son exigence,

Appelons tous les soins de la reconnaissance;

Qu'il aille retrouver dans l'amour des enfants,

L'amour dont il savait bercer leurs premiers ans.

Quand devant la douleur, dans le moment suprême,

Règne l'indifférence, une froideur extrême,

Ah! puisse un voile heureux dérober au vieillard

L'aspect de vils instincts que trahit le regard.

Mais non, de ses parents la triste indifférence

Pour lui semble être un don que fait la Providence;

Il peut alors briser aisément ses liens

Et quitter sans regrets des cœurs trop inhumains.

Que la religion, à cette âme chagrine,

Alors vienne apporter une lueur divine,

Qu'elle fasse briller la rose de l'espoir,

La fleur qui doit charmer enfin l'ombre du soir;

Voilà pour le vieillard, la bienfaisante aurore

Qui lui présage un jour où pour lui vont éclore

Les plus aimables fleurs, les fruits délicieux,

Que doivent moissonner tous les cœurs vertueux.

SUR L'ÉTUDE,

POËME EN QUATRE CHANTS.

PREMIER CHANT.

⚬⊰●⊱⚬

Viens soutenir mes chants, science, je t'en prie,
Viens seconder l'essor de mon faible génie;
De l'étude je veux célébrer les attraits,
Les charmes ravissants, les immenses bienfaits.
Je voudrais m'élancer, en mon vol téméraire,
Dans le temps, l'univers, dans la nature entière.
Quand l'ignorance vient de sa fâcheuse nuit
Au printemps de nos jours environner l'esprit,
L'âme en les affligeant à nos yeux s'étiole;
D'elle va s'éloigner du talent l'auréole;

Comme un arbre privé de la clarté des cieux
Elle ne doit porter aucun fruit savoureux;
Mais l'étude apparaît, de la triste ignorance
L'épais nuage fuit loin de l'intelligence.
En brisant ses liens comme un beau papillon,
L'heureux penser butine au sein de l'horizon;
Il va franchir l'espace, et d'une aile légère
S'élever, parcourir la plus noble carrière;
Aurore de l'esprit, l'étude en se montrant
Ouvre à notre penser un superbe orient.
En remontant les flots si variés des âges,
Elle déroule aux yeux la plus vaste des plages.
Jusqu'au berceau du monde, à la plus sombre nuit,
Sous de pâles clartés l'étude nous conduit.
Elle présente l'homme errant et solitaire,
Cherchant dans les forêts un abri salutaire;
Pour braver les frimas, la rigueur des saisons,
L'homme emprunte la feuille et les molles toisons.
A la brute on le voit disputer la pâture,
Il suit aveuglément les lois de la nature.

La force et la valeur alors faisaient les lois,

Des plus belles vertus on méprisait la voix.

Parmi les animaux l'homme vit sa faiblesse,

Et fit de sa raison luire enfin la sagesse.

Un besoin général assembla les humains

Qui sous le joug des lois plièrent leurs instincts.

La raison vint poser dans une hiérarchie

Du bonheur social l'unique garantie;

Le plus fort, le plus brave, au trône fut porté;

Un pacte offrit les lois de la société;

On vit un noble but, le bien de la patrie,

Qui fit naître l'élan des vertus, du génie.

Devant tous les besoins qui se multipliaient

Les fruits de l'industrie en tous lieux circulaient.

Par les canaux divers, en toutes les contrées,

Le négoce zélé promena ses denrées.

Les hommes rapprochés par des besoins constants

Echangent leurs produits et du cœur les élans;

Dans ces relations l'âme grandit, s'épure;

D'un langage brillant s'opère la culture;

Des sciences, des arts, du génie, en tous lieux,
Le flambeau réfléchit son éclat radieux.
A travers les pensers dont la flamme était belle,
Des folles passions vint jaillir l'étincelle;
Partout l'ambition jeta ses feux brûlants,
La discorde agita ses brandons effrayants.
Armant les nations, un orgueil téméraire
Souffla l'affreux désir de conquérir la terre;
Etouffant la pitié, repoussant la raison,
Il alluma la guerre en chaque région.
Partout le sang coula; le terrible incendie
Seconda l'injustice et l'aveugle furie:
Ebloui par la gloire, un mensonger bonheur,
On s'arrogea le droit de semer la terreur.
Maint peuple altier qu'enfin la guerre anéantit
A de l'ambition montré le cruel fruit.
Les débris dispersés de glorieux empires,
Les vestiges sanglants d'ambitieux délires,
Ont révélé du sort l'inconstante faveur.
Ici-bas on ne voit point d'éternel bonheur,

Dans l'univers entier à nos yeux rien n'est stable;

D'un Dieu seul le pouvoir doit rester immuable.

Il s'est évanoui l'éclat si radieux

Dont Babylone, Athène, éblouissaient les yeux.

L'homme civilisé, devant la jouissance

Que le luxe promet, que sème l'opulence,

Ne rêve que plaisir, que mensonger bonheur,

Et ne l'atteint souvent qu'aux dépens de l'honneur.

Une sage raison n'a plus aucun empire,

Aux seules voluptés le cœur enfin aspire;

Le talent, la valeur, s'éteignent à la fois,

Un conquérant bientôt viendra dicter ses lois.

Je vois ces légions, ces hordes boréales,

S'élancer au midi des plages glaciales,

Au sein des nations que le vice flétrit,

Briser ces monuments, des sciences le fruit.

Tel, l'aquilon du Nord vient porter ses ravages

A ces bords enchantés, à ces riants ombrages,

Où l'astre du Midi fait éclore en tous lieux

Les plus suaves fleurs, les fruits délicieux.

L'étude à nos regards vient signaler encore

Un fléau plus cruel, un fléau qu'on abhorre;

C'est la guerre intestine où le crime sans frein

Et l'aveugle fureur vont briser tout lien.

Cette guerre souvent a dans la tyrannie

Puisé son origine, allumé sa furie.

Quand l'affreux arbitraire et l'orgueil dominant,

Devant le noble esprit, les vertus, le talent,

Erigent pour jamais une injuste barrière,

En voulant les flétrir sous un joug téméraire,

On voit des bras qu'anime une noble fierté

Briser des fers trop lourds et venger l'équité.

A de plus nobles rangs se pose le mérite;

Mais trop souvent alors l'ambition s'agite;

Enflammé du désir de monter au pouvoir,

Chaque parti se lève; en chacun on sait voir

Une aveugle fureur, une ardeur sanguinaire,

En tous lieux des combats s'élève la bannière;

Le sang coule à grands flots; le soldat furieux

Dans un fidèle ami ne voit qu'un factieux;

Une rage étouffant le cri de la nature,

Des forfaits les plus noirs dépasse la mesure.

Le meurtre, l'incendie, éclosent tour à tour,

Les plus vils attentats sont à l'ordre du jour.

La timide beauté, la vieillesse, l'enfance,

Rien ne peut échapper à l'horrible vengeance.

Un parti règne enfin; il ne redoute plus

Ses ennemis tremblants, ses ennemis vaincus.

Bientôt l'ordre renaît, bientôt la paix répare

Tous les maux que versa l'ambition barbare.

La vertu consolante a recouvré ses droits;

De la religion l'homme écoute la voix.

Religion suave, ô toi présent céleste!

Toi, dont la voix sublime à l'univers atteste

Qu'un Dieu veille sur nous, un Dieu consolateur,

Oui, seule tu conduis aux sources du bonheur.

Tes liens qu'embauma la plus douce ambroisie

Enchaînent parmi nous la plus belle harmonie;

Tu veux l'ordre, la paix, tu fais chérir nos lois,

Eclore le respect, l'amour pour les bons rois.

Tu viens nous inspirer le généreux civisme,
Allumer dans nos cœurs le vrai patriotisme.
Devant toi le mortel sait braver la douleur
Et voit dans tous ses maux la source du bonheur.
Méconnaissant ta voix et ta doctrine sage,
L'homme en toi vit souvent l'instrument de sa rage;
Toi, qui de l'union viens semer les bienfaits,
Tu sembles commander les plus sanglants forfaits;
Un esprit égaré sut enfanter le schisme,
Le schisme ambitieux arma le fanatisme;
Allumant ses bûchers, une inquisition
Vint soulever l'horreur, indigner la raison.
Au gré d'un zèle aveugle on vit souvent la guerre
Promener le carnage et l'horrible misère.
Eloignons de nos yeux ces objets repoussants,
L'étude sait offrir des tableaux séduisants.
De la paix contemplons les faveurs, les doux charmes;
Devant son olivier s'éteint le bruit des armes;
La culture vient faire ondoyer les moissons;
L'atelier donne essor à des travaux féconds;

Sur de nombreux canaux, du négoce le zèle
Fait rouler des produits que le besoin appelle.
Dans les relations de la société
S'épure le langage et naît l'urbanité.
Des cœurs mieux éclairés jaillit un feu prospère,
De la raison s'élance un parfum salutaire;
Des sciences, des arts, le radieux flambeau
Fait germer d'heureux fruits, jette un éclat plus beau.
Parmi tous ces bienfaits, heureux le peuple sage
Qui sait rendre aux vertus un éternel hommage!
Dans la nuit du passé nous voyons le talent,
La vertu resplendir comme un astre éclatant
Dont le rayon lointain, la sublime lumière,
A nos regards présente un fanal salutaire
Qui doit guider nos pas, nos pensers incertains,
Aux sentiers des vertus, aux sources des vrais biens.
Noble jalon des temps, l'arbre de la science
Etend ses doux rameaux, offre à l'intelligence
Le fruit délicieux, élément de bonheur;
Puissions-nous à jamais en chérir la saveur!

DEUXIÈME CHANT.

—◦❦◦—

Sous la lueur que lance une étude prospère,
Mes yeux vont dominer les zônes de la terre;
Je vois ses mouvements nous voiler tour à tour
Les ombres de la nuit et les clartés du jour;
Ramener les frimas que l'hiver élabore,
Les rayons éclatants, une ardeur qui dévore.
Dans ces tristes climats où d'un soleil lointain
Le rayon sans chaleur effleure le chemin,
Dans ces lieux où la nuit pendant six mois dispense
D'un voile ténébreux la trop longue influence,

Oui, dans le champ polaire où l'aquilon affreux

De la belle existence éteignit les doux feux,

La mort semble planer; la nature engourdie

Ne révèle partout qu'une ombre de la vie.

Un frimas général au regard attristé

Ne paraît qu'un linceul dans ces lieux apporté.

La végétation languit, même s'efface;

Tout nous semble enchaîné, comprimé par la glace.

Chez l'homme tout s'affaisse, et le corps et l'esprit;

Des pensers, des talents, le feu s'anéantit.

Là, point d'ambition; dans la hutte enfumée

On se rit des honneurs et de la renommée.

Le bouleau, le lichen et des rennes le lait,

Satisfont l'appétit du modeste gourmet;

L'alcool vient parfois animer la goguette;

Les fourrures des ours composent la toilette.

Jamais la liberté n'a remué le cœur;

Un servage éternel convient à la torpeur.

Par la religion, en ces lieux mal comprise,

Par les vertus jamais le cœur ne s'électrise.

4

Non loin de ces climats la nature avec fruit

Contre un froid moins intense à jamais réagit;

Des végétaux nombreux la vigueur se décèle;

Dans tous les animaux la structure est plus belle.

L'homme de son esprit accuse les talents,

Et peut faire du cœur jaillir les beaux élans.

De la religion il bénit l'avantage,

Il peut briser le joug d'un trop pesant servage.

D'un règne paternel l'esprit aime les lois,

Mais des liens trop durs lui rappellent ses droits.

Que j'aime à contempler la zône tempérée!

Là, partout nous séduit une heureuse contrée.

En son panorama l'étude offre à nos yeux

De riches végétaux le groupe merveilleux;

Là, de belles moissons, de gracieux ombrages,

Des fruits délicieux vont orner les rivages.

Ici, des monuments, de superbes cités,

Étalent leur splendeur à nos yeux enchantés;

Tout de l'esprit humain vient montrer l'industrie,

Le talent glorieux, le superbe génie.

Du soleil le rayon obliquement jeté
Caresse mollement la timide beauté;
Il ne vient point faner de son minois la rose,
Doucement il effleure une bouche mi-close.
Dans un air tempéré, toujours vivifiant,
Les contours moelleux se déploient noblement.
Ainsi que la chaleur, la raison se tempère;
Rarement le délire en ternit la lumière;
Un doux calme domine en tous les jugements,
Dans leurs combinaisons, dans tous les sentiments;
Mais vers le doux plaisir on court avec délice;
Dans tous les plis du cœur le tendre amour se glisse.
L'âme fait resplendir les plus aimables feux,
Les nobles sentiments, les pensers vertueux.
Le nom de loyauté, le doux nom de patrie,
Au sein de tous les cœurs vont porter leur magie.
L'arbre majestueux, dont chaque organe sait
Elaborer la sève, offre à nos yeux l'aspect
De la société; là, tout membre s'applique
A travailler toujours pour la chose publique.

Le climat tempéré voit s'adoucir les mœurs,

Eclore la vertu, voit s'anoblir les cœurs.

Devant le sacerdoce, une pure morale,

L'esprit religieux qui parmi nous exhale

Un généreux penser, la plus sage raison,

Fait pleuvoir les bienfaits d'une étroite union.

La morale aisément sait prouver à la foule

Que d'une pure foi le vrai bonheur découle.

Le pays où rayonne une douce chaleur

Veut au gré du pouvoir savourer le bonheur;

Son esprit éclairé veut de la monarchie

Voir tomber les faveurs de la philanthropie.

Dans la zône où des cieux le vertical rayon

De ses feux dévorants embrâse l'horizon,

Et projette dans l'air la plus vive lumière,

Tout se fane et languit; l'homme se désespère;

Enfin l'orage gronde, et la foudre en tous lieux

Promène ses éclats, ses roulements affreux.

Sur tous les points l'éclair vient éblouir la vue;

De tous côtés s'avance une terrible nue,

Dont les flancs déchirés par de fougueux autans
Vomissent le tonnerre et des eaux les torrents.
La terre est inondée, et bientôt la nature
Partout sait déployer la plus riche verdure;
Le gazon vient s'étendre en tapis gracieux,
L'arbre ondoyant s'élance altier, majestueux;
La plus belle moisson partout roule ses ondes;
Des ombrages charmants, de leurs branches fécondes
Se détachent des fleurs dont l'arôme est exquis,
Et que remplaceront les plus aimables fruits.
Tout va charmer les sens dans la zône torride,
Où de nouveaux plaisirs l'homme est toujours avide.
Des mets très savoureux et les plus fins sorbets
Vont dans tous les repas enchanter les palais.
Dans le riant sérail l'amour brûlant dispense
La douce volupté, la vive jouissance.
Souvent l'homme abattu par un ciel accablant
Abandonne à l'amour, au plaisir énervant,
Les débris de son cœur, de sa belle énergie;
La vieillesse bientôt vient dégrader la vie;

D'un constant despotisme on peut facilement
Supporter dans ces lieux le joug avilissant;
Là, trop souvent domine au sein de l'indolence,
Une religion que fonda l'ignorance.

Devant les bords qu'aux yeux l'étude vient offrir
Est souvent retracé l'émouvant souvenir.
Je te vois, Babylone, en tes jours d'allégresse,
Je déplore les maux que versa ta mollesse.

De la Grèce et de Rome à nos yeux les héros,
Les hommes vertueux, sortant de leurs tombeaux,
Font briller tout l'éclat d'une gloire immortelle,
Au sentier de l'honneur, oui, leur voix nous appelle.

Aux rivages français que de nobles talents,
De sublimes vertus ont jalonné les temps,
Ont laissé dans les cœurs une image sacrée,
Une image en tous lieux chérie et vénérée,
Berceau de l'Evangile où mon œil à jamais
Voit surgir tant d'amour, de sublimes bienfaits.
Palestine, combien tu sais remuer l'âme,
Toi qui vis dérouler le plus saisissant drame!

Que de peuples divers en ces climats nombreux,

Puisse entre eux le combat n'allumer plus ses feux!

De la religion puissent les dons prospères,

Du genre humain former un seul peuple de frères!

Qu'un langage commun des peuples différents

Résume les pensers, dise les sentiments;

Au gré de tant de mers qui nous offrent leurs ondes,

Transportons le négoce au sein de tous les mondes.

Secondant le besoin, parmi les nations

Étendons l'heureux cours de nos relations.

Que de pensers divers dominent cette foule

Que la géographie à nos yeux déroule!

L'un de la république a rêvé les faveurs

Qui ne doivent tomber que sur de nobles cœurs;

L'autre vient demander aux cieux l'autocratie

Qui dans le meilleur roi des cœurs sera chérie.

Faisons tous éclater de nobles sentiments,

Et toujours surgiront d'heureux gouvernements.

Dans l'état policé, chez les peuples sauvages,

Que de variétés dans les mœurs, les usages!

Les cités et les champs, les fleuves et les mers,

Les plaines et les monts, des changements divers

Que présentent nos soins, nos labeurs, nos manières,

Sont les puissants motifs, sont les sources premières.

Que de religions surgissent à nos yeux

Du triste fétichisme au culte radieux

Qu'une sainte morale en tout lieu vient répandre,

Puissent tous les esprits la chérir, la comprendre!

Une raison sublime a recueilli des cieux

De suaves rayons le faisceau lumineux;

En reflets éclatants, mais plus élémentaires

En doctrine superbe, en avis tutélaires,

Son zèle bienfaisant le divise à nos yeux;

Sa voix le réfléchit en éléments heureux,

En lumière qui vient des vertus les plus pures

Et du parfait bonheur montrer les routes sûres.

Tel, un bel arc-en-ciel où la lueur des cieux

Divisa ses rayons brillants, délicieux,

Réfléchit sur nos pas un éclat tutélaire,

Une pure lueur qui doucement éclaire.

TROISIÈME CHANT.

∘⊰○⊱∘

De l'étude suivant la brillante lumière,
Mes regards vont planer dans la nature entière.
De ce globe je vois les éléments nombreux,
Les divers minéraux, instruments précieux.
D'un déluge tout vient nous révéler la trace;
L'eau partout de la terre a baigné la surface.
Tout le globe d'abord fut soumis à des feux
Qui dévorent ses flancs, et parfois vers les cieux
Lancent avec fracas, d'un terrible cratère,
Une lave enflammée au sein de l'atmosphère;

Alors de tout côté s'élance la terreur,

Jaillissent la ruine et la mort et l'horreur.

Que de riches filons dans le sein de la terre!

Le charbon et le soufre, aliments de la guerre,

En sortent pour aller au milieu des combats,

Sous des feux éclatants promener le trépas.

Souvent un autre but, un salutaire usage,

Saura de leurs vertus réclamer l'avantage.

Quel zèle, quelle ardeur inspire le besoin!

Aux entrailles du globe, à travers les terrains,

Les hommes vont creuser des mines ténébreuses

Où gisent des métaux les couches précieuses.

L'étain avec le plomb, le fer, l'argent et l'or,

Viennent de la richesse apporter le trésor;

Devant l'œil ébloui, la splendeur la plus belle,

L'éclat du diamant dans ces lieux étincelle;

On ne peut se lasser d'admirer les talents

Que viennent rallier ces gouffres effrayants.

On y voit éclater les efforts du génie,

On voit pour les besoins travailler l'industrie.

Mais que de malheureux excités par la faim
D'une triste carrière ici trouvent la fin.
Dans cet affreux séjour privé de la lumière,
Au milieu des travaux flotte un air délétère;
Et parfois trahissant l'œil de l'ingénieur,
La masse entière croule, engloutit le mineur.
D'impétueux torrents, de nos fleuves les ondes
Souvent lancent la mort dans les mines profondes.
La terre offre partout des excavations
Où l'eau vient déployer ses ondulations.
De la simple fontaine à la mer mugissante
Un flot officieux aux besoins se présente.
Sur le fleuve rapide et la mer en courroux
Le négoce hardi bravant du sort les coups,
Va porter ses bienfaits, ses nombreuses denrées,
Aux bords les plus lointains, en toutes les contrées.
Honneur à cet esprit qui parmi les brisans
Nous fraya des chemins sur tous les océans;
Qui montrant le pouvoir d'un fluide magique
Erigea la boussole, instrument magnétique.

Parmi les végétaux utiles, gracieux,

Au sein des prés, des champs, vont s'égarer mes yeux.

Sous la douce lueur que l'étude procure

Je vois partout briller la riante verdure ;

Je la vois déployée en tapis ravissants

Ou s'élancer dans l'air en ombrages charmants.

La mousse, le gazon, font éclater la vie,

Comme le chêne altier où brille l'énergie,

La racine, la feuille et les nombreux rameaux,

Les réseaux merveilleux, les flexueux canaux,

Élaborent un suc, une sève fertile,

Qu'aux organes divers un pouvoir assimile.

Le végétal encore, en la modifiant,

Reçoit de l'atmosphère un subtil aliment.

La bouture, le germe, une heureuse semence,

Du règne végétal perpétuent l'existence.

Quel bien les végétaux épanchent constamment!

L'ombrage heureux s'élève en abri ravissant;

Quel charme gracieux à nos regards présente

Des superbes forêts la cime verdoyante;

Le doux éclat des fleurs, ornement des jardins,

Et ces fruits, le bonheur des palais les plus fins,

Les immenses bienfaits que puise l'industrie,

D'impérieux besoins la nombreuse série,

Oui, tout vient signaler au regard enchanté

Des charmants végétaux l'immense utilité.

Sous les rayons divers que l'étude nous lance,

Des nombreux animaux contemplons l'existence.

L'organisation en des tissus nouveaux

Aux yeux vient signaler les effets les plus beaux.

La vie en mille jeux à nos regards circule,

En s'élevant toujours depuis l'animalcule

Jusqu'à l'homme ce roi, de la création,

L'homme où des plus beaux feux éclate le rayon.

Partout je vois un air, un aliment propice,

De l'animal entier composer l'édifice.

Dans tous les mouvemens, dans les mœurs, dans le goût,

Un admirable instinct vient se trahir partout.

La génération s'environnant sans cesse

D'un voile ténébreux, éternise l'espèce.

Que de variétés parmi les animaux!

L'un naquit pour la terre et l'autre pour les eaux

Un oiseau fend les airs; chacun se modifie

Au gré des éléments où doit couler sa vie.

Les besoins variés commandent les instincts,

Et des organes vont ordonner les dessins.

L'homme qui fut d'un Dieu le plus brillant ouvrage,

L'homme qu'un Dieu voulut former à son image,

Seul est doué d'une âme, élément glorieux

Que la seule vertu pourra conduire aux cieux.

L'homme doit dominer dans la nature entière;

Prévenant les besoins, l'animal tributaire

Lui doit son lait, sa chair et sa molle toison,

Ses travaux, sa vigueur et la soumission.

L'homme ne doit jamais oublier son partage,

Et surtout dégrader le plus bel apanage.

Il faut s'anéantir devant l'Être divin

Qui sur tout l'univers commande en souverain.

Quand mon regard s'élève au sein de l'atmosphère,

Guidé par le reflet d'une sage lumière,

Je vois de la chaleur le rayon bienfaisant
Echauffer tous les corps en les raréfiant;
Je le vois dans les arts, la féconde industrie,
Etendre ses bienfaits, aller porter la vie.
Dans le règne animal, la végétation,
Quelle heureuse influence apporte ce rayon!
On le voit réfléchi, direct en son chemin,
Au gré de la science, au profit du besoin.
Emanant du soleil, à nos yeux la lumière
De tous côtés rayonne au sein de l'atmosphère;
Le prisme la dissèque en rayons éclatants,
Et la science peut la briser en tous sens.
Au sein de la nature elle porte la vie;
Elle éclaire nos yeux, seconde l'industrie.
Le nuage enflammé, les mirages divers,
Révèlent son éclat réfléchi dans les airs.
Dans un bel arc-en-ciel son doux reflet se brise;
Dans l'aurore en charmant son flot nous électrise,
Je vois dans l'atmosphère un fluide étonnant
Qui sur nous fait gronder le tonnerre effrayant.

Soudain en longs éclairs brillent les étincelles

Du penser, du regard ces images fidelles.

Deux fluides secrets font l'électricité

Qui jouit d'un pouvoir magique, illimité.

Ces fluides qu'approche un attrait invincible

Se traduisent aux yeux par un effet terrible;

Ils vont pulvériser les corps avec fracas,

Ils sèment la terreur et lancent le trépas.

De l'air qui nous entoure et flotte sur la terre

Je vois les éléments dont l'un est si prospère;

Il va sous le pouvoir de l'inspiration

Etendre ses bienfaits à travers le poumon.

Des vents impétueux je conçois la furie,

Et des vibrations je comprends l'harmonie.

L'onde monte en vapeur, s'élance loin des mers,

Va former le nuage et nager dans les airs;

Mais le froid la condense, elle retombe en pluie

Qui va dans nos guérets soudain porter la vie.

Quel spectacle imposant se déroule à nos yeux!

Au ciel je vois rouler des globes lumineux,

Un pouvoir surhumain les pousse, les attire;

Devant tant de soleils l'homme contemple, admire;

Devant tant de grandeur, tant de sublimité,

Il s'incline et révère une divinité.

QUATRIÈME CHANT.

·◦❧◦·

Sur les phases divers qui partagent la vie
L'étude fait tomber de ses bienfaits la pluie;
En de sages pensers, généreux documents,
L'enfance du bonheur puise les éléments;
Des biens qui charmeront le cours de la vie
Elle vient y chercher la sûre garantie;
D'un édifice heureux, d'un avenir brillant,
L'étude vient déjà poser le fondement.
Du cœur et de l'esprit, sublime nourriture,
Elle y verse un rayon qui toujours les épure.

Les talents, les vertus et la félicité,

Oui, voilà les faveurs que répand sa clarté.

A l'enfance elle apporte et son joug et ses chaînes,

Impose du labeur les ennuis et les peines.

Loin de la liberté, loin du riant loisir,

Elle fane d'abord les roses du plaisir.

Vous dont le cœur sans tache, ainsi que la faiblesse,

A travers tant d'écueils à jamais intéresse,

Etudiez, enfants, conservez la beauté

De cette âme qui vient de la divinité.

Que la religion de ses rayons prospères,

Dans votre âme à jamais étende ses lumières.

Comme un ruisseau limpide à travers mille fleurs,

Les fruits les plus heureux, des parfums enchanteurs,

Vos jours s'écouleront dans une jouissance,

Un suave bonheur que la vertu dispense.

Pour guider la jeunesse, en diriger le cœur,

Y verser les attraits, la plus douce faveur,

L'étude vient sur elle épancher sa lumière,

Les immenses bienfaits d'un fanal salutaire.

Elle offre à ses regards une société,
Une tendre famille, une divinité.

Faisant s'évanouir le rêve, la chimère,
Eteignant de l'erreur la clarté mensongère,
Du jeune homme elle vient enfin charmer l'espoir
Et brise du plaisir le dangereux pouvoir.
Sous la rose elle montre une épine secrète
Et signale l'abîme où le plaisir nous jette.
Au sein de l'âge mûr, lorsque l'ambition
Vient des songes dorés ouvrir la région,
L'étude allume, arbore un flambeau rayonnant
Et dissipe bientôt le mensonge attrayant.
Elle vient révéler qu'en toute la nature
Il n'est pas sans vertus de félicité pure.
Bon vieillard, ah! chez toi l'étude vient encor
Déployer ses bienfaits, épancher son trésor;
En toi des souvenirs que l'histoire nous laisse,
Elle vient retracer la foule enchanteresse.
Sur tes loisirs nombreux elle vient constamment
Jeter ses doux attraits, son charme ravissant.

Devant les beaux rayons d'une morale sage,
Une belle raison détruit le vain mirage;
D'un esprit cultivé le radieux flambeau
Dévoile un orient, un horizon plus beau,
Et l'âme dédaignant les songes de la vie
S'élance avec bonheur vers le ciel, sa patrie.
Dans les professions, au sein de chaque état,
La lueur de l'étude épanche son éclat.
Le travail souterrain de la métallurgie,
De nos bons paysans la fertile industrie,
De l'étude à jamais réclament les présents,
Les fruits délicieux, les bienfaits éclatants.
Au sein de l'atelier où l'éclat s'élabore,
Au comptoir, au bureau, tout nous révèle encore
L'empire de l'étude et celui des talents.
La circulation de nos produits brillants,
La splendeur des beaux arts, de la noble science,
Proclament de l'étude en tout lieu l'importance.
J'admire ce mortel, dont le regard profond
Vient s'infiltrer dans l'âme, en découvrir le fond;

En scrutant le penser, qu'il dissèque, divise,

Il voit des sentiments dont la flamme électrise,

En faisant éclater les beaux feux de l'esprit,

En faisant ondoyer un parfum qui séduit.

Les rayons du penser qu'un beau prisme analyse,

L'étude les traduit et les matérialise

Par des signes certains qui leur donnent un corps,

En révélant du cœur les généreux transports.

Le savoir vient jeter les fleurs de l'éloquence

En venant formuler la noble intelligence;

Toi qui défends nos droits, nos sages libertés,

Et vous, propagateurs des saintes vérités,

A l'étude à jamais vous savez rendre hommage.

O généreux mortel! ô philanthrope sage!

Qui pour l'humanité sait veiller jour et nuit,

Toi, dont l'heureux savoir et console et guérit,

En signalant l'ardeur de ta sollicitude,

Tu puises les bienfaits d'une profonde étude;

Tu révèles surtout de l'éducation

L'éclatante faveur, le sublime rayon,

Lorsque tu viens au sein de l'affreuse misère

Apporter les bienfaits de ton art salutaire;

Rien ne peut refroidir ta généreuse ardeur;

Tu braves les frimas et des nuits la noirceur;

Rien ne peut de tes soins borner la bienfaisance,

Ta bourse fut souvent ouverte à l'indigence.

Dans les conditions qu'offre l'humanité

L'étude fait pleuvoir son heureuse clarté;

Cet homme qu'assombrit une affreuse misère

Trouve dans le savoir un appui tutélaire;

Des talents, des vertus, oui, le pouvoir enfin,

Pour lui d'un rang plus beau doit frayer le chemin.

Si le malheur l'enchaîne au sein d'un poste infime,

Il verra tous les jours sur lui tomber l'estime.

Il verra le savoir et la religion

Epancher un doux charme en sa position;

Loin d'aller s'abrutir dans un honteux repaire,

D'où le vice hideux fait couler la misère,

Dans l'étude il saura moissonner des plaisirs

Qui verseront des fleurs au sein de courts loisirs,

Et la prospérité saura jaillir encore

D'un éclat que l'étude élève, améliore.

Jeune homme, garde-toi d'un orgueil insensé

Qui dédaigne le rang où le sort t'a placé.

Lorsqu'au sein du travail le bien-être y découle,

Un rêve mensonger à tes regards déroule

Les honneurs, la fortune, un avenir flatteur ;

Mais Icare tomba, redoute son malheur.

L'étude vient répandre au milieu des richesses,

Les plus brillants reflets, les plus douces largesses ;

Elle sait projeter d'honorables plaisirs,

Le charme le plus doux parmi tous les loisirs.

Elle fait éclater en nous la bienfaisance,

Les élans généreux si chers à l'indigence.

Oui, la philanthropie est digne du pouvoir,

Et devant ses présents l'infortuné croit voir

Un emblème parfait de cette Providence,

Dont tout vient signaler l'éclat, la bienveillance.

En portant ses regards au sein de l'univers,

En y voyant régner de sublimes concerts,

L'homme, que de ses dons a comblé la richesse,

Doit partout recueillir des germes de sagesse;

L'ordre qu'il voit toujours éclater dans les cieux,

Dans chaque être où la vie a porté ses beaux feux,

Impriment dans son âme une philanthropie

Qui parmi les humains appelle l'harmonie.

Toi, qui de la nature as reçu tant d'attraits,

Toi, dont l'éclat répand de si brillants reflets,

Puise dans le savoir un complément des charmes

Qui font de la beauté le pouvoir et les armes.

Viens cultiver le cœur et l'esprit gracieux,

Où déjà sait briller le plus noble des feux.

Que l'étude en leur sein verse un rayon aimable,

Qui se réfléchira dans ton œil adorable,

Dans ta voix, ton maintien, ton sourire, ta pudeur,

En faisant exhaler un arome enchanteur.

Oui, sous le doux éclat de lumières propices,

A jamais tu sauras épancher les délices.

Riche de ce pouvoir, de ces doux attributs,

Présents de la beauté, des talents, des vertus,

Sous le toit conjugal tu sauras le répandre,
Ce charme ravissant d'où jaillit l'amour tendre.
De tes devoirs sacrés le pieux sentiment
Dans ton âme sera gravé profondément.
De la religion la divine lumière
Etendra sur ton zèle un rayon salutaire ;
De tes soins généreux l'inépuisable ardeur
D'une épouse adorée doit faire le bonheur ;
Sous ton charme à jamais l'heureuse sympathie
Près de toi versera la plus douce harmonie.
De l'esprit, des talents, arborant le flambeau,
Tu sauras d'un époux alléger le fardeau.
De l'étude surtout la touchante lumière,
Avivant dans ton cœur la tendresse d'une mère,
Ira doubler tes soins, ta vigilante ardeur,
Auprès de tes enfants, dans un groupe enchanteur.
Dans le champ de l'hymen, parmi des fruits suaves,
Oui, l'amour maternel, en volant sans entraves,
Portera la caresse, ira sécher des pleurs,
Partager les plaisirs ainsi que les douleurs ;

Et devant un lointain qu'assombrit le nuage,

Tu sauras conjurer plus d'un affreux orage.

Au sentier des vertus, au chemin des talents,

Oui, tu viendras guider de timides enfants.

Si le coup du malheur au sein de la misère

Vient te précipiter, l'étude salutaire

T'apportera soudain un précieux secours,

Et jetera des fleurs, des charmes sur tes jours.

Quand le zèle sacré de la philanthropie,

Au sein d'un hôpital vient enchaîner ta vie,

Au milieu des mourants dont tu charmes le soir,

A travers tant de maux où tu verses l'espoir,

Ah! quel feu vénérable, ah! quelle ardeur sublime,

L'étude vient jeter dans ton cœur magnanime!

Au malheur tu parais cet astre radieux

Qui vient charmer des nuits le voile ténébreux;

Tu peints ce beau rayon qui, perçant le nuage,

Enchante les regards assombris par l'orage.

O Caroline! ô toi qu'un trépas si navrant

Ravit à mon amour, aux pleurs de l'indigent!

Comme ils servaient l'ardeur de ta sollicitude!

Comme ils brillaient chez toi les doux fruits de l'étude!

En ton avis toujours par la raison dicté,

D'un suave fanal je voyais la clarté;

Quand sur moi du malheur planait l'affreux nuage,

Ton charme apparaissait en consolant ombrage.

Une école honorable et de nobles parents

Pour toi firent couler d'heureux enseignements.

Devant le beau savoir, le rayon doux, limpide,

Comme une tendre fleur, oui, ton âme timide,

S'agrandit et brilla de charmes gracieux,

En versant les parfums les plus délicieux,

Ces aromes divins d'une philanthropie,

Qui dans l'humble cabane allait charmer la vie.

SUR LA PROMENADE,

POÉME EN DEUX CHANTS.

PREMIER CHANT.

‒ৡ৹Є‒

Je vais du promeneur dire les rêveries ;
Le suivant dans la ville, aux champs, dans les prairies.
Je vais conter des arts les charmes, les faveurs,
Faire de la nature admirer les splendeurs.
Devant ces monuments d'une belle structure,
Où d'un sublime éclat brille l'architecture,
Le promeneur admire et sent au fond du cœur
Jaillir l'émotion, le plaisir, le bonheur.
Dans ce temple brillant, dont la flèche élancée
Va soutirer du ciel une tendre pensée,

Vont se presser les flots de chrétiens vertueux,

Dont la ferveur s'exhale en hymnes pour les cieux.

Au sein d'un beau local, d'un pompeux édifice,

Où brillent les talents d'un magistrat propice,

Le bureaucrate va, pour le bien général,

Se fatiguer les yeux, l'organe cérébral.

Au palais où Thémis fait pencher sa balance,

La foule va goûter la suave éloquence,

Le talent merveilleux du sublime orateur,

Qui sait flétrir le crime ou défendre l'honneur.

Quel immense plaisir, quel doux charme découle

En ce riant théâtre où s'élance la foule!

C'est là qu'on va goûter de Rossini les chants,

De Racine et Voltaire entendre les accents;

C'est là qu'un vrai Talma, la séduisante actrice,

A grands flots dans le cœur versent le pur délice.

Mais un sombre tableau vient du gai voyageur

Attrister le regard en montrant la douleur;

Au sein de l'hôpital, créé pour l'indigence,

En échos déchirants retentit la souffrance;

Ici, le médecin radieux de talents,

Au gré de la science élève ses accents;

Ici, la médecine à tous les yeux révèle

Le savoir éclatant, le plus généreux zèle.

Devant le promeneur, de nos riches bazars

La splendeur en tous lieux éblouit les regards.

Le diamant et l'or, à la coquetterie,

A l'orgueil insensé présentent leur magie;

Partout, du magasin les objets ravissants

Montrent de l'ouvrier le labeur, les talents.

Dans tous les bruyants ports, quelle active industrie!

Au gré de nos besoins le négoce y charrie.

Restaurants et cafés, en provoquant les sens,

Font jaillir à grands flots des parfums ravissants.

Quels tableaux variés la ville nous présente!

Là, des ris et des chants; ici, douleur navrante;

Environné de pleurs, le triste corbillard

Vient arrêter nos pas, assombrir le regard.

Ailleurs, des flots joyeux qu'appelle un ma·,

Vont derrière l'archet obstruant le passa

Auprès de la mansarde où gémit l'indigent,

De nos riches surgit le palais éclatant;

Quels habits somptueux, quels brillants équipages,

Au sein des boulevards, sous leurs riants ombrages!

Non loin de ce tableau la misère en haillon,

Semble à nos yeux montrer de la faim l'aiguillon.

Puisse de l'homme heureux, saturé d'opulence,

Le doux regard tomber sur la triste indigence!

J'aime à voir assemblés sur un plateau riant,

Où des cieux le rayon s'épanche doucement,

Nos valeureux soldats, en brillants uniformes,

En habits élégants qui dessinent les formes;

J'aime à voir défiler nos braves grenadiers,

Piaffer et s'élancer de vigoureux coursiers.

'e nombreux instruments la suave harmonie,

ıt jeter ses doux flots à la foule ravie;

ıldats en ce lieu vont exercer leurs bras,

· à l'art des terribles combats.

ınt le canon, le bruit des fusillades,

·e jamais qu'en ces belles parades!

Montés sur des tréteaux nos jongleurs impudents,
Près d'eux vont rallier les badauds, les enfants;
En bravant la chaleur et la glaçante bise,
Ils viennent, chaque jour, exploiter la sottise.
Le funambule adroit, voltigeur aérien,
Vient charmer les loisirs de l'heureux citadin.
Sur des escamoteurs, sur la marionnette,
Très souvent le regard dans les villes s'arrête.
Le promeneur sait voir à tout moment jaillir
Des sources de tristesse et de riant plaisir.
Le soir, quelle splendeur, quels torrents de lumière,
Autour du beau fanal, du brillant réverbère!
Un chemin étoilé, semé d'éclatants feux,
Un ciel féerique alors surgit délicieux.
Dans cette région où séduit la chimère,
Le plaisir pour les cœurs devient l'astre solaire.
L'un vole à la guinguette, un autre à l'opéra;
Un lion va revoir sa gentille Clara;
Mondor fait d'un concert ondoyer l'harmonie,
Et Valmon d'un festin exhale l'ambroisie.

Vers la gaîté, le jeu, les tendres voluptés,

Dans la rue on s'avance à pas précipités;

Le pauvre travailleur, que la fatigue accable,

Va trouver son pain dur et son eau claire à table.

Le soir, on voit partout marcher le voyageur

Qui d'un heureux abri va chercher la faveur;

Il va loin du bateau, loin de la diligence,

Où régnaient les ennuis avec l'impatience.

On quitte le wagon que lancent les vapeurs,

Ce doux wagon qui fait voler les amateurs.

Aux regards stupéfaits, oui, sa course rappelle

La fuite de l'éclair, le vol de l'hirondelle.

Ah! puisse-t-il enfin conduire moins souvent

Vers de trop sombres bords un monde confiant!

DEUXIÈME CHANT.

Loin de ces monuments qu'enfantèrent les arts,
Au sein de la nature égayons nos regards;
Suivons le promeneur à travers la campagne,
C'est là que le bonheur aisément l'accompagne.
Il voit en flots dorés ondoyer mollement
Le blé qui doit former de l'homme l'aliment.
Le lin fait resplendir une fleur azurée,
Une tige qui doit un jour, élaborée,
Enlacer les attraits de la jeune beauté,
Réduire plus d'un charme à la captivité.

Le promeneur joyeux, au sein de la prairie,

Voit surgir le gazon, la fleur épanouie;

Il voit ces tapis verts, ornés d'un bel émail,

Où va bondir l'agneau loin du triste bercail;

Il se plaît à cueillir la fleur la plus brillante,

Qu'il réserve à l'objet d'une flamme constante.

Il aimerait dîner sous l'ormeau gracieux,

Avec le paysan si bon et si joyeux.

Près du ruisseau dont l'onde en serpentant murmure

Et baigne d'un flot clair la riante verdure,

L'étalon admirable, au regard enchanté,

Révèle sa vigueur, la grâce, la fierté.

A ce ruisseau limpide une jeune bergère,

Comme dans son miroir, sait trouver l'art de plaire.

Dans un charmant lointain un fleuve gracieux

Roule son flot paisible entre des bords heureux;

Il va porter au loin la vie et l'abondance,

Et du négoce il doit seconder l'exigence.

Le pêcheur vigilant vient jeter au poisson

Le perfide filet, les appâts, l'hameçon.

Un élégant bateau, qu'au loin la vapeur lance,
Fait voler les ennuis avec l'impatience;
Lise, seule au vallon, sous les rameaux discrets,
Jette vers le hameau des regards inquiets.
Dans le riant verger, au gourmet si propice,
Le fruit le plus brillant promet le vrai délice.
Sur le joli coteau s'élève le raisin,
Source de la gaîté que verse le bon vin.
La vergue du meunier, en fidèle symbole,
Tourne au gré de tout vent qui vers le moulin vole.
Ah! puissent tous les blés qu'en poudre elle a réduits,
Être pour les besoins sagement répartis!
Rendons hommage à Dieu, dont la main si prospère
Epanche à tout moment tant de bien sur la terre.
Aux yeux du promeneur surgit, majestueux,
Un bois dont les rameaux s'élancent vers les cieux;
Oui, de ce bois jadis la voûte magnifique
Aurait prêté son ombre au culte druidique;
Le promeneur y va goûter un doux repos
Qu'appelle un vert gazon sous de jolis berceaux;

Des oiseaux amoureux il entend l'harmonie,
Et de brillantes fleurs il perçoit l'ambroisie;
Combien il chérirait, dans ce lieu, le séjour
Que viendrait embellir le plus fidèle amour;
L'homme voudrait, au bois qu'attriste la menace,
Ne voir jamais lancer que le trait de la chasse.
Il voudrait à la mort qu'apportent les brigands,
Ravir le voyageur, surtout nos paysans.
Il voit d'un œil ému se dresser de l'église
Le sommet élégant dont l'aspect l'électrise.
Son âme rêve alors à des cœurs vertueux;
Puisse leur tendre amour enfin toucher les cieux!
Dans le temple à jamais, aimable Caroline,
Vers ton heureux séjour, vers ton âme divine,
S'élèvent mes regards; ah! puissent-ils encor
Admirer de ton cœur le généreux transport!
La douce promenade au sein de l'existence,
Devrait souvent porter sa bénigne influence;
Sur l'élève ennuyé, qui du matin au soir
Bâille à la place où vient l'enchaîner son devoir,

En versant le plaisir, la suave gaîté,

Son pouvoir fait germer les fleurs de la santé.

Quel charme au promeneur vient projeter l'aurore,

Quand un rayon limpide à nos yeux fait éclore,

Sous la goutte argentine, une suave fleur

D'où jaillissent les flots d'un arôme enchanteur!

Au tomber d'un beau jour, sous la brise embaumée,

Sous la pourpre des cieux, l'âme est encor charmée;

Au milieu du silence, une pâle lueur

Dans les cœurs vient jeter une douce langueur.

La promenade vient, sur le miroir de l'onde

Que borde le gazon d'une rive féconde,

Toujours nous délecter devant l'ombrage frais,

Auprès d'un sexe aimable où règnent mille attraits.

Quand la bise suspend sa fureur, son murmure,

Qu'un frimas général tapisse la verdure,

Quand la glace en festons retombe des rameaux,

L'homme souvent chemine et joyeux et dispos.

Prenez garde, en été, quand le sombre nuage

Au loin fait retentir les éclats de l'orage,

Lorsqu'après les éclairs, messagers effrayants,
La foudre avec fracas étend ses roulements,
Craignez que le tonnerre et des torrents de pluie
N'altèrent les ressorts de votre économie.
Sous le paratonnerre allez donc prudemment
Chercher un doux refuge, un abri rassurant.
Puisse la foi verser, contre d'affreux orages,
D'un abri consolant les divins avantages!

SUR LA MÉDECINE,

POËME EN QUATRE CHANTS.

PREMIER CHANT.

Je vais chanter un art qui, malgré ses bienfaits,
Sur lui fait du censeur tomber encor les traits;
Un art qui des humains vient prolonger la vie,
Conjurer la douleur, dompter la maladie;
Une belle origine, un berceau vénéré,
A notre hommage encor lui font un droit sacré.
Né d'un beau sentiment qu'appelle la souffrance,
Il alla dans le temple abriter son enfance.
Etude, inspire-moi, révèle à mes regards
Là source où va puiser le plus noble des arts.
Réfléchis à mes yeux la lumière profonde
Qui de rayons divers avec splendeur l'inonde;

Redis les soins touchants, le zèle généreux,

Qu'un médecin prodigue à l'être malheureux;

Peins-le moi butinant dans la nature entière,

Cueillant pour tous les maux un baume salutaire,

Viens, quand je chanterai ce doux présent des cieux,

A ma lyre prêter des sons harmonieux.

Pour nourrir les tissus, organes de la vie,

Pour donner à son être une belle énergie,

L'homme, au gré d'un besoin toujours impatient,

Au gré d'un instinct sage, appelle un aliment;

Au matin de la vie il trouve chez sa mère,

Dans le sang, dans le lait, sa liqueur nourricière;

A cette heureuse source il puise l'élément

D'un feu toujours sacré, d'un tendre sentiment.

Des êtres si divers qu'anima la nature,

L'homme, cet omnivore, attend sa nourriture;

De nos simples aïeux il dédaigne les mets,

Les plus friands morceaux invitent son palais;

Partout l'art culinaire, au gourmet si propice,
A table vient porter le charme, le délice;
Sur le fourneau brûlant, aux âtres enflammés,
Des ragoûts vont jaillir les parfums embaumés.
Dans l'homme vigoureux, et surtout dans l'enfance,
La faim vient promptement accuser la souffrance;
Tes enfants, avant toi, malheureux Ugolin,
Dans un affreux cachot succombent à la faim.
Combien elle a d'empire et d'angoisse cruelle,
La faim qu'à tout moment l'abstinence rappelle,
Quand la fibre languit, roule un sang plus séreux,
Qu'au cerveau l'estomac fait rejaillir ses feux!
Au gré de l'appétit, du goût qui nous révèle
De la digestion l'active sentinelle,
L'aliment est soumis, pendant quelques momens,
A la langue, au palais, à la salive, aux dents;
Des nerfs dégustateurs s'érige la papille,
Au suave contact de la pâte alibile;
A la voix du plaisir le muscle obéissant,
Dans la bouche en doux flot sait rouler l'aliment;

Franchissant le gosier, le pharynx, l'œsophage,
La bouchée en glissant dans l'estomac s'engage;
Un influx cérébral en ces divers canaux,
Sous les efforts du muscle ingère les morceaux.

Des agents merveilleux du bol alimentaire
Vont changer la nature à l'ombre du mystère;
L'aliment le plus dense et le plus nourrissant,
Du gastrique foyer sort moins rapidement.

Le mucilage aqueux, la fécule légère
Du pylore bientôt vont ouvrir la barrière;
Pour chasser loin de lui les indigestes corps,
L'organe impatient redouble ses efforts.

D'un suc lubréfiant partout la douce pluie
Vient des agents moteurs seconder l'énergie;
Aisément sur lui glisse au tube digestif
Avec légèreté l'aliment fugitif.

Au caprice de l'homme à jamais réfractaire,
Va se trahir partout le nerf ganglionnaire;
En messager fidèle, ennemi du repos,
Il sert les ganglions, ces ténébreux cerveaux.

Il sait leur confier l'impression tacite

Et porte soudain l'ordre aux fibres qu'il agite.

Projetant ses filets dans tout le corps humain,

Au sein de chaque organe, au tissu le plus fin,

Il se pose à nos yeux en chaîne sympathique

Des éléments semés dans la trame organique.

Dissous, chimifiés vers le grêle intestin,

En flots pulpeux et lents nos mets coulent enfin.

Pour seconder les sucs, dissolvants de la masse,

Et calmer cette ardeur que la soif nous retrace,

L'homme, après le début de la digestion,

Vers les feux du gosier appelle une boisson;

Des brûlantes parois, du tube alimentaire,

Elle franchit bientôt le réseau capillaire,

Va porter la fraîcheur au globule sanguin,

Vole au pore exhalant qui l'élimine enfin.

Trop souvent on délaisse une onde bienfaisante

Qu'en tous lieux la nature à nos regards présente.

Le vin spiritueux, l'alcool si brûlant,

Portent dans nos humeurs leur globule enivrant;

7

De Moka le nectar, la suave ambroisie,

Viennent souvent user les ressorts de la vie.

Le pancréas, le foie, aux mets chimifiés,

Versent leurs flots divers ensemble mariés;

Au gré du nerf moteur la pulpe nourricière

Roule dans un conduit qu'il abrège et resserre;

Secondant puissamment le jeu de l'intestin,

Maint fluide exhalé vient baigner le chemin;

Sous un voile secret, là, des nerfs l'influence

Vient des flots odorants enfin changer l'essence.

La matière en deux parts se divise au canal :

L'une, en vil excrément franchit le cercle anal,

L'autre, en chyle laiteux, en liqueur précieuse,

Des absorbants parcourt la route flexueuse;

Le chyle en serpentant monte vers le poumon,

Reçoit les gaz versés dans l'inspiration;

L'acide carbonique et la vapeur aqueuse,

Echappés des courants de la route veineuse,

Vont en brise légère au conduit aérien

D'où l'expiration les éloigne soudain;

Sous un pouvoir que cèle à nos yeux le mystère,

Le suc nourricier monte au conduit chylifère,

Ou des villosités il va directement

Du système veineux gonfler le noir torrent.

Quand le chyle a reçu l'azote et l'oxygène,

En sang vermeil le cœur le jette; il le promène

Dans le tube artériel dont les flots généreux

Vont baigner des tissus les réseaux merveilleux,

Vont dispenser partout le globule propice

Qui d'organes divers élève l'édifice.

On les voit chez la femme avec grâce arrondis,

Ces contours ondulant sous la rose et le lys;

On voit élaborés ces jolis yeux où l'âme

Va lancer des éclairs, trahir plus d'une flamme.

Lorsque la molécule abandonne ces lieux

Qui durent l'enchaîner, dans les conduits veineux

Enfin l'absorption lui présente une voie;

Dans les flots artériels le cœur soudain l'envoie;

Elle va terminer le cours le plus obscur

Au tube qui l'exhale en élément impur.

Quel rôle ont dû jouer, en cette longue voie,

Le pancréas, la rate et les lobes du foie!

Quelle œuvre s'élabore au sein des absorbants,

Dans l'agent sécréteur et dans les exhalants!

Rien dans les flots sanguins, quand le regard s'y pose,

Rien ne dit le secret de la métamorphose.

La nature à jamais, devant nos faibles yeux,

Entoure ses agents d'un voile ténébreux.

Malgré son beau génie et ses vastes lumières,

Bérard ne saurait pas dévoiler les mystères

Dont la nuit sait couvrir et la nutrition

Et les faits éclatants de l'innervation.

Dans le champ du savoir trop souvent la barrière,

Ou la plus sombre nuit, hélas! nous désespère.

L'azote en flots nombreux descend vers le poumon,

Il descend au foyer de la digestion,

Il va dans les humeurs, à chaque organe il vole;

Mais dans tout ce trajet il nous voile son rôle.

Comment surgit en nous le rayon de chaleur?

Comment sait-on du pôle affronter la rigueur,

Et sous les feux brûlants de la zône torride,

Pour nos frêles réseaux faire éclore une égide?

Il est vrai, du savant la brillante leçon

Sur la chaleur humaine a jeté son rayon;

Mais pour l'homme qui veut du vrai le sceau, le gage,

Oui, le doute à jamais fait planer son nuage.

L'élément de nos corps, dense ou raréfié,

Du poumon, de la peau, le jeu modifié,

Aux regards exigeants n'ont pas dit la naissance

D'un feu qui vient partout révéler sa présence.

Trop souvent la chimie, en versant des bienfaits,

Eteint de sa lumière à nos yeux les reflets;

Du gaz léger qui roule au tube alimentaire,

Quel esprit éclairé nous dira le mystère?

On voit le flot sanguin, dans les conduits veineux,

Couler plus noir, moins chaud, plus lent et plus séreux;

Affermi par le muscle et par mainte valvule,

Dans son chemin étroit jamais il ne recule;

Les aspirations du thorax et du cœur,

Vont de rameaux ténus favoriser l'ardeur;

Mais comment dans l'amas de sérum, de fibrine,

En carmin s'élabore enfin l'hématosine?

Dans leurs phases suit-on les éléments nombreux

Que l'analyse vient signaler à nos yeux?

Dans le sang qu'il rougit, la science trop vaine

A-t-elle dévoilé les faits de l'oxygène?

L'homme, au gré du besoin, au gré des passions,

Avec ce qui l'entoure a des relations;

L'œil sous le vif torrent que verse la lumière,

A l'âme réfléchit l'image la plus chère;

Il voit briller partout le sublime rayon

Qui doit toujours frapper les yeux de la raison;

Oui, dans tout l'univers que le regard s'élance,

Il verra tes reflets, divine Providence;

Parmi tant de faveurs, tant de sublimité,

Il verra la splendeur de la divinité.

L'oreille, sous les flots d'une heureuse harmonie,

De l'objet qu'on préfère entend la voix chérie.

Ah! quel soin la nature en ses vastes bienfaits,

En ses actes divins nous signale à jamais!

Pour guider vers les nerfs les sons et la lumière,
Quel travail admirable en nous elle a su faire?
Là, soudain est brisé par différents milieux,
Le docile rayon d'un éther lumineux.
Ici, plus élastique, à l'âme impatiente
La membrane reflète une onde frémissante.
L'odorat sait cueillir sur les ailes du vent,
De la brillante fleur le parfum ravissant.
Au milieu des bons mets dont se charge la table,
Le goût vient faire éclore un délice ineffable.
Le toucher délicat, au pied de la beauté,
Allumera tes feux, ô douce volupté!
De nos sens attentifs l'impression reçue
Par les regards de l'âme est au cerveau perçue;
Au sein de la mémoire un instant pour jamais
Grave fidèlement l'image des objets;
L'imagination d'une forme plus belle
Revêt tous les sujets que le besoin appelle.
Le calme jugement, ce flambeau de l'esprit,
En pesant chaque chose au bonheur nous conduit.

Sous des impressions plus ou moins excitantes,
S'allument trop souvent des passions ardentes;
Souvent de la raison le doux flambeau pâlit,
Le noble éclat du cœur parfois s'évanouit.
Un cerveau, l'instrument d'une âme intelligente,
Emet la volonté vers la fibre vibrante.
A la saine raison, au désir trop brûlant,
Le docile lévier obéit à l'instant.
Le système nerveux au mouvement préside,
A son gré nous marchons au but d'un pas rapide.
Dans les vibrations de l'air et d'un conduit
Se mirent les élans du cœur et de l'esprit;
La voix sait formuler tous les accents de l'âme,
Le noble sentiment, la généreuse flamme,
Tout, dans l'être où paraît l'organisation,
De la science vient résumer la leçon;
Dans le foyer vital la nature se plie
Aux lois de la physique, au joug de la chimie.
La physique surtout aux regards stupéfaits,
Vient partout dérouler ses magiques bienfaits.

Dans le trajet du sang, dans la vue et l'oreille,
Toujours vont resplendir son pouvoir, sa merveille.
Mais qui peut dévoiler du fluide nerveux
Les mystères profonds, les faits ténébreux?
Qui verra ses moyens, son admirable empire,
Au sein de chaque organe où le besoin l'attire?
Comment analyser de l'innervation
Les effets si puissants dans la nutrition?
Qui dira nos courants de fluide électrique;
Et le pouvoir si grand du torrent magnétique?
Trop souvent un nuage à nos regards jeté,
En nous désespérant cèle la vérité.
Oui, par les sens, les nerfs, soudain l'âme immortelle
Reçoit l'impression et réagit sur elle;
Traduisant le besoin au levier excité,
Par d'autres nerfs encor jaillit la volonté;
En mouvements divers, en variable flamme,
S'exhalent nos pensers, tous les élans de l'âme;
Mais posant sa barrière, un Dieu vient constamment
D'une vaine raison signaler le néant.

Quel principe secret, quel merveilleux fluide,

En imitant l'éclair dans sa marche rapide,

De la fibre soudain abrège la longueur,

Et du membre affermi commande le labeur?

Sait-on comment le nerf, télégraphe électrique,

En confident sincère à l'âme communique

L'impression qu'a faite en nous l'objet voisin?

Comment va-t-il porter la joie ou le chagrin ?

Dans l'article où toujours des flots de synovie

Vont inonder de l'os la surface polie,

Le membre sait trouver pour tous les mouvements

De la vélocité les plus sûrs éléments.

Pour servir des leviers, les actes, la puissance,

Que la nature en nous montre de bienveillance!

Elle a tout calculé dans l'organe moteur,

Pour la rapidité comme pour la vigueur.

En cédant au besoin, au désir qui l'enflamme,

L'homme, brûlant d'amour, s'approche de la femme.

Il ose réclamer au pied de la beauté,

Les roses du bonheur et de la volupté;

Il sait, en propageant la flamme de la vie,
En cédant au doux charme, à la brûlante envie,
Satisfaire un instinct qu'épure la raison,
Instinct fougueux qui veut la reproduction.
Les degrés nuancés de notre jouissance
Viennent des fonctions mesurer l'importance;
L'homme oublierait souvent de se régénérer,
Si l'amour ne venait de ses fleurs l'entourer.
Au milieu des transports, du plus heureux délice,
L'ovule est fécondé, vers l'utérus il glisse;
C'est là qu'il va subir une évolution
Qu'amène le bienfait de la nutrition.
Il reçoit les humeurs que la matrice envoie,
Que vont élaborer le placenta, le foie;
Il semble revêtir, dans ses phases nombreux,
D'infimes animaux, les formes à nos yeux.
L'embryon dans les eaux en froid têtard se pose,
Il va bientôt subir une métamorphose;
Mais comment ce globule, objet mystérieux,
Dans les flammes d'amour va-t-il puiser des feux?

Quelle voix nous dira les rapports de l'ovule
Avec certain fluide, avec l'animalcule?
Puisse la médecine, où la plus belle ardeur
Tous les jours fait jaillir tant de reflets d'honneur,
Percer de son regard le ténébreux nuage
Dont la nature voile à jamais son ouvrage!
Enfin, sous maint effort douloureux et puissant,
Loin du sein maternel va respirer l'enfant;
Mais ses frêles vaisseaux doivent encore attendre
D'une mère le lait et le soin le plus tendre.
D'un voile impénétrable aux yeux les plus perçants,
La nature a couvert ses actes bienfaisants.
Les Haller, les Bichat, malgré leur beau génie,
N'ont jamais pénétré le secret de la vie;
Ils ont vu des tissus, des réseaux merveilleux,
Que domine un pouvoir toujours mystérieux;
Ils ont vu les éclairs d'une âme où l'œil devine
Un céleste rayon, la plus noble origine.
Abaissons notre orgueil devant le Tout-Puissant,
Qui dans l'esprit humain doit trouver le néant.

Mais honneur au mortel dont l'ardeur éclatante
A pour unique objet l'humanité souffrante!
Réprimant de vains goûts, fuyant le doux plaisir,
Dans l'antre de la mort il aime à l'enfouir;
Au milieu des dégoûts que soulève un cadavre,
Au milieu d'animaux dont la plainte le navre,
De l'existence il veut surprendre les secrets,
Il voudrait à la mort enfin ravir ses traits.
Ah! puisse de Bérard la raison éclatante,
En révélant les fruits d'une étude incessante,
Les dons que la nature a versés largement,
Se poser à jamais en fanal rayonnant!
Qu'elle vienne toujours, Ariane fidelle,
Où resplendit l'éclat d'une gloire immortelle,
Jeter son doux rayon, en fil délicieux,
Bien cher en un dédale à jamais ténébreux!

DEUXIÈME CHANT.

❧

L'homme voit mille agents qui savent de la vie
Déranger les ressorts, altérer l'harmonie ;
Dans l'air qui l'environne et dans les aliments,
Dans toutes les boissons comme en ses vêtements,
Au milieu des loisirs, des yeux riants qu'il aime,
Il voit des ennemis armés contre lui-même.
Quels maux ne versent pas les désirs trop fougueux,
Au réseau vasculaire, au système nerveux !
Des organes leur feu dérange la structure,
Et de chaque fluide altère la nature ;

De l'humeur exhalée une suppression
Va dans tous les vaisseaux jeter l'affection;
Sexe, tempéraments et phases de la vie,
Tout vient prédisposer à quelque maladie;
De la contagion et de l'hérédité
Le pouvoir trop souvent domine incontesté.
Les accidents nombreux que le labeur appelle,
En nous devraient semer la frayeur éternelle.
On voit souvent le mal en terrible poison,
Voler à maint organe, à chaque région.
La fièvre, où la nature à jamais admirable
Constamment réagit plus ou moins favorable,
En révulsant le mal qui brise le tissu,
En chassant loin du corps un principe inconnu,
Oui, la brûlante fièvre, en sa marche inégale,
Porte dans les humeurs sa flamme générale;
Le rebelle scorbut va dans tous nos réseaux,
D'un sang décomposé jeter les sombres flots.
En les étiolant, l'indomptable scrofule
En des réseaux flétris sur tous les points circule.

Dans la fièvre éruptive et le grave typhus,

Roulent vers chaque humeur des poisons inconnus.

Dans un organe seul parfois la maladie

Va porter son empire et sa triste furie;

Il en trouble soudain le jeu, la fonction,

Il en trouble surtout l'organisation.

Broussais, trop séduisant, Broussais, d'un grand génie

Promena les regards en chaque phlegmasie;

Mais son œil dans un mal léger, coïncidant,

Du trouble général vit l'unique aliment.

Si rien de matériel ne vient dans la névrose

Formuler un stigmate et révéler la cause,

La plupart de nos maux appellent constamment

Le sang et la chaleur avec le sentiment.

Quel trouble ils font surgir dans l'acte de l'organe!

Voyez la lésion qui sévit dans le crâne;

L'intelligence alors, ce beau présent des cieux,

Perd tous ses attributs, perd tous ses nobles feux.

Au niveau de la brute on voit l'homme descendre,

La voix de la raison ne se fait plus entendre.

Si le mal vient frapper les lobes du poumon,
Quel trouble offre soudain la respiration!
Honneur à ta mémoire, ô toi dont le génie
Par l'auscultation trahit la maladie.
Lorsque dans l'estomac le mal va se porter,
Dans la digestion il vient se refléter.
Adieu cet appétit qui versait tant de charme,
Et qui vient à nos maux souvent prêter une arme;
Craignons ces lésions, que d'une sage main
Barras vint formuler au regard incertain.
Puissions-nous de l'organe où la volupté sème
Le feu de ses transports et le désordre extrême,
Voir le jeu trop perfide enchaîner son ardeur
Qui de la lésion rallume la fureur!
Allons interroger le jeu de chaque organe
Pour trouver le foyer d'où le symptôme émane;
Puissions-nous éloigner du fâcheux stéthoscope,
Du hideux speculum la triste Pénélope,
Dont la pudeur touchante où brillent tant d'attraits,
Veut opposer un voile aux regards indiscrets,

8

En emblêmes des fleurs que blesse la lumière
Et qui voilent aux yeux leur beauté passagère.
Etudions les traits où se peint la langueur,
Voyons le sentiment, les degrés de chaleur.
Des artères, le pouls, fidèle thermomètre,
Au toucher délicat bientôt fait reconnaître
Le danger projeté sur le foyer vital
Et réclame soudain le zèle médical.
Tout, par un beau concert, s'enchaîne dans la vie,
Aux tourments d'un organe un autre s'associe;
Sachons nous défier de cet écho lointain,
Dont la voix a souvent trompé le médecin.
Soumise à la vigueur que le sujet présente,
La cause en lui sévit plus ou moins effrayante;
Pourra-t-on dévoiler cet enfant du marais,
Cette fièvre qui semble, en de fougueux accès,
Tantôt nous promener aux zônes glaciales,
Et tantôt nous livrer aux chaleurs tropicales!
Quels ravages en nous vont porter les virus,
Les émanations que lancent les typhus!

Au sein de la contrée, en grave épidémie,

Le mal va trop souvent promener sa furie;

Souvent contagieux, il verse le poison

Sur tous les points qu'enserre un immense horizon.

Quels tableaux différents l'humanité souffrante

Dans les scènes des maux à nos regards présente!

Quel trouble désolant font surgir à nos yeux

Des putrides foyers les germes vénéneux!

Sous leur empire on voit toute l'économie,

Après quelques moments, sans force, anéantie;

Enfin, sous les efforts de la réaction,

Un feu brûlant s'allume en chaque région.

Contre le mal puissant la vigueur sait combattre,

Mais trop souvent la mort la trahit, vient l'abattre.

Dans l'inflammation que d'aspects différents

Nous dévoilent la cause et les réseaux souffrants!

Loin de nous ces boutons qu'un fâcheux parasite,

Un vivace acarus, en bravant l'ongle, habite;

A travers l'épiderme il se creuse un abri;

Là, du repos humain s'agite l'ennemi.

Au tissu de la peau combien se modifie
La forme qu'à nos yeux revêt la maladie!
Sur des tissus bien fins viennent s'extravaser
Des humeurs qu'en membrane on voit s'organiser.
Combien des lésions la nuance diffère
Dans l'os, le ligament, dans la chair musculaire!
Quand le mal vient frapper le système nerveux,
Il ravive, il éteint du sentiment les feux;
A tous les mouvements dans son caprice il aime
A donner l'énergie ou la langueur extrême.
Le fâcheux tubercule aux mailles du tissu,
Epanche trop souvent un principe inconnu.
Dans l'organe séreux, au tissu cellulaire,
D'une lymphe en stagnant le flot nous désespère.
Sait-on comment le rein, en saccharum fâcheux,
Va d'un sucre verser tant de flots désastreux?
Flots sucrés qui toujours vont semer l'amertume
En des sujets flétris qu'un feu brûlant consume;
Inégal en son cours, le mal rapide ou lent
Est souvent continu, parfois intermittent;

Il peut dans nos vaisseaux ne laisser nulle trace.

En aide officieux la nature efficace

Elimine du mal le dangereux poison

Qu'attirent les agents de la sécrétion.

Souvent un flux sanguin, en terminant la scène,

Prévient la phlegmasie et les maux qu'elle entraîne.

Combien l'on admira le célèbre Galien,

Dont l'esprit éclairé prévit un flux sanguin!

Quelle rapidité dans cette hémorrhagie,

Qui soudain va briser les ressorts de la vie!

En éclair de la mort, elle vient à nos yeux

Foudroyer du cerveau le jeu si merveilleux.

Souvent dans nos tissus le mal enfin amène

Ulcère, hypertrophie, abcès, cancer, gangrène.

Condensée en amas dans le torrent sanguin,

La fibrine des flots peut fermer le chemin.

Quel trouble général cette digue ennemie

En se posant au cœur doit jeter sur la vie!

Le fluide exhalé se concrète parfois

En membrane qui sait anéantir la voix;

En venant obstruer de l'air l'étroit passage,
Il brise de la vie enfin chaque rouage.
De la plus belle peau, du plus riant satin,
Le mal détruit souvent le lys et le carmin;
De la jeune beauté dont s'éteint l'espérance,
Il vient empoisonner à jamais l'existence.
Quel tableau dégoûtant l'horrible syphilis,
Hélas! souvent présente aux regards assombris :
Sur des belles il fait surgir mainte phlogose,
Maint bouton virulent, triste bouton de rose.
Ah! que tu fus propice, ô Jenner, dont la main
En conjurant un mal versa le plus grand bien;
Toi, qui vins propager cette heureuse vaccine,
Toi, qui vins annuler une cause assassine!
Combien le tendre amour saura bénir ton nom,
Devant l'enfant qu'épargne un horrible poison!
Au sein de maints réseaux lorsque le tubercule,
En les oblitérant porte sa molécule,
Souvent il va briser de ses perfides traits
La beauté, les talents, les plus nobles attraits.

Au brave mutilé, parfois le mal ne laisse
Qu'un informe débris, beau titre de noblesse.
Ah! combien je le plains cet homme dont les yeux
N'ont plus que de vains nerfs ou d'opaques milieux,
Et des objets semés au plus brillant rivage,
A l'esprit malheureux ne tracent plus l'image!
Que de maux dominant le système nerveux
Dérobent leur nature à nos trop faibles yeux!
Il est cruel de voir des maux indestructibles,
Des tissus anormaux, toujours inaccessibles;
Tant de corps étrangers, dont la présence en nous
De l'inflammation doit appeler les coups.
Il est dur d'appeler pour un mal réfractaire,
Le feu, le fer tranchant, en ressource dernière.
Il est cruel aussi d'attendre, l'arme au bras,
Devant la lésion, la fin de longs combats
Livrés au mal obscur par la nature sage,
Qui se voile à nos yeux d'un ténébreux nuage.
De l'horrible typhus, de l'affreux choléra,
Ah! quel heureux génie enfin nous sauvera?

Qui peut analyser leur cause si terrible,

Opposer à leurs traits une arme irrésistible?

Quel génie en fureur, quels esprits infernaux,

Apportèrent la rage avec le tétanos?

Terribles ennemis, qui de l'art vont sans cesse

Faire le désespoir, confondre la sagesse.

L'un de faisceaux nerveux dit l'irritation,

L'autre doit la naissance au plus fatal poison.

Puissent des feux versés par une main hardie,

Annuler ton virus, mortelle hydrophobie!

Souvent au champ des maux nos yeux désenchantés

N'ont, devant le péril, que de pâles clartés;

Allons interroger la sage expérience,

De son flambeau prospère éclairons la science.

La seule théorie, à nos yeux incertains,

Ne révèle jamais que ténébreux chemins.

Avec dédain laissons la folle rêverie,

Le système erroné qu'un vain talent publie,

Maints songes qu'enfanta l'imagination,

Qui vont s'évanouir au jour de la raison.

Aujourd'hui, pour guider ses regards, sa pratique,

Avant tout l'art choisit l'enseignement clinique.

Trop fameux Vanhelmont, ô Boerrhave! ô Sthal!

Que vos illusions firent jaillir de mal!

Plus d'infimes talents, de brevet secondaire,

Qui trop souvent dispense un pouvoir délétère;

Osons tous réclamer près d'une faculté,

Devant les candidats, plus de sévérité.

L'homme, dont tant d'agents vont briser l'existence,

Veut toutes les lueurs de la vaste science.

Dans le champ médical toujours on aime à voir

S'unir l'expérience à l'éclatant savoir.

Qui ne t'admira pas, ô sublime génie!

Hippocrate, dont l'âme à jamais anoblie

Pour boussole n'avait que l'observation,

Et toujours en beau phare éclaira la raison.

Si les maux trop souvent, sous un voile contraire,

Viennent céler leurs traits, leur course meurtrière

L'œil peut voir clairement les graves lésions

Qui de la chirurgie appellent les leçons;

Le tissu divisé, d'où le sang ruisselle,
Aux regards effrayés aisément se révèle.
Ne voyons maintes fois dans l'ulcère hideux,
Dont l'aspect assombrit, afflige tous les yeux,
Que le triste reflet d'une autre maladie
Dont le vice imprégna toute l'économie.
L'œil aisément peut voir un os rompu, luxé,
Un viscère saillant, par l'effort déplacé;
Dans son champ néanmoins la noble chirurgie
Réclame les talents, appelle le génie.
Les Desault, les Boyer, Dupuytren et Velpeau
De la postérité vont fatiguer l'écho.
Honneur au beau talent qui, de l'orthopédie
Répandant les bienfaits, sait de l'économie
Affermir les ressorts, ramener la vigueur,
Et rend à la beauté ses roses, sa fraîcheur!
Qu'au sein des hôpitaux la grande chirurgie
Apporte le flambeau de son vaste génie.
Célébrons à jamais l'esprit religieux,
Qui, toujours animé des plus sublimes feux,

Sut fonder l'hôpital, asile tutélaire,

Ouvert pour la science et l'affreuse misère.

Si contre tant de maux, ennemis de nos corps,

Viennent du médecin se briser les efforts,

Au lit de la douleur allons du moins répandre

Le soin le plus touchant, le zèle le plus tendre.

Versons partout les flots d'un baume consolant;

Au sein de l'infortune, auprès de l'indigent;

Que l'espoir à jamais apporte sa magie,

Qu'il jette un doux rayon au déclin de la vie.

Prodiguons le doux zèle au timide orphelin

Dont l'épine sans rose attriste le matin;

Au vieillard désolé, qui voit au soir des âges

Sur lui de la douleur s'élancer les nuages.

Comment chasser l'effroi de l'être malheureux

Qui devant ses regards n'a qu'un abîme affreux,

N'a que le sombre aspect d'une mort trop horrible,

Et de l'éternité l'océan si terrible!

De la religion, oui, le flambeau divin

Vient seul nous révéler le plus riant lointain;

L'Eden délicieux où le propice ombrage
Enchaîne un bonheur pur, sans terme, sans nuage.
Il signale aux regards des groupes séduisants,
Des amis dont la mort nous prive dès longtemps,
Des enfants qu'on pleurait, une épouse adorable
Dont l'aspect fait couler un délice ineffable.
Ah! combien je le plains cet homme qu'à jamais
Sur un lit vont clouer des lésions les traits;
Ce mortel enchaîné par une hydropisie,
Par d'incurables maux, une paralysie!
Lorsque de la douleur le cruel aiguillon
Vient arracher les cris et troubler la raison,
Que sous le poids enfin, à la peau déchirée,
En tout lieu se dévoile une trame ulcérée,
Quand l'ordure, blessant l'odorat et les yeux,
Jette au sein de l'horreur un air pernicieux;
Si n'attendant, hélas! qu'un zèle mercenaire,
L'homme est privé d'enfants et d'une épouse chère,
Si l'horrible indigence ajoute ses tourments
A la douleur physique, à ses coups incessants,

Non, l'homme ne pourra souffrir avec courage
Tant de maux où le sort vient épuiser sa rage.
Ah! qu'alors le trépas serait un doux présent!
De la pure amitié que le charme est puissant!
Combien du médecin on aime la présence,
La suave douceur, la tendre bienveillance!
Alors, puisse un avis, un remède enchanteur,
Appeler le sommeil en charmant la douleur;
Puisse à jamais la femme, où règnent tant de charmes,
De l'être malheureux venir sécher les larmes!
De la discrétion suivons toujours les lois,
Un secret confié doit enchaîner la voix;
Eût-on donné des soins, dans leur sanglant repaire,
Aux féroces brigands, on doit toujours se taire.
Taisez-vous maintes fois, ô vous dont l'humble esprit
D'un éclat gracieux jamais ne resplendit!
Craignez de voir tomber le prestige honorable
Dont sait vous entourer l'art le plus respectable;
En voyant la pâleur d'un infime talent,
L'esprit malin pourrait vous dire franchement :

Médecin, tu n'es pas ce qu'un vain peuple pense,

Oui, sa crédulité fait seule ta science.

Il est triste de voir, environnés de traits,

Les frêles corps humains à trop de maux sujets;

Mais quand des traits en nous vient la pointe assassine,

Recevons les doux soins qu'offre la médecine.

Dans l'Anjou, si fertile en mérite éclatant,

Des Bigot, des Mirault, proclamons le talent.

L'un, du grand Laënnec traduisant le génie,

Sait du cœur, du poumon, trahir la maladie;

En rival des Lisfranc, des Velpeau, des Bérard,

L'autre vient résumer tout l'éclat de son art;

On le voit éclairer l'esprit de la jeunesse,

Epancher le rayon d'une haute sagesse,

Avec ce beau talent qu'il révèle à jamais,

En versant dans les yeux, du jour les doux reflets.

Du fameux Capuron, Negrier nous présente

Le talent, le savoir, la sagesse éclatante.

Et toi, jeune Daviers, dont le noble talent

Partout saura jeter l'éclat le plus brillant,

Quel bien tu verseras au fortuné rivage,

Où de ton beau savoir le rayon se propage!

Pour éclairer nos pas au champ des lésions,

Dans le champ de la mort recueillons des leçons.

Ravivons le flambeau de la pathologie

Aux rayons qu'à nos yeux lance l'anatomie.

Dans chaque organe allons, d'un regard scrutateur,

Interroger la fibre où sévit la douleur.

Voyons par quel moyen l'affreuse maladie

Allait s'irradier sur le jeu de la vie.

Au foyer de Thémis, au dédale des lois,

Souvent la médecine élèvera sa voix;

Toujours fatale au crime et chère à l'innocence,

Elle ira se poser en sage Providence;

Elle ira projeter son rayon éclatant

Sur le ravage fait par le cruel agent,

Par l'agent infernal qui brûle ou stupéfie,

Qui dans un instant même anéantit la vie.

Tremblez, vils scélérats, dont l'horrible poison,

Du plus hideux instinct servant l'impulsion,

De vivaces tissus vient tromper l'énergie
En arrêtant l'essor de la plus noble vie.
Toi, dont le cœur enfin devant le déshonneur
D'un meurtre épouvantable as su braver l'horreur,
Fille, que domina le plus affreux délire,
Le charme de ton sexe en vain pour toi conspire.

TROISIÈME CHANT.

⸰⸙⸰

Afin de parvenir au but qu'il se propose,
De toute lésion l'art doit chasser la cause;
Bouvard est appelé chez l'homme dont le sort
Renverse la fortune et va causer la mort;
A l'instinct le plus noble avec ardeur il cède,
Au fond de son trésor il puise le remède.
D'Antiochus le fils, sous le trait des amours,
De ses jeux, de ses ans, voyait finir le cours.
Le sage médecin prescrit un mariage
Dont la cure bientôt proclame l'avantage.

9

Du sein de la cabane où gémit l'indigent,

Puissions–nous éloigner le tableau déchirant!

Là, sont le cuisant froid, l'air infect, sans lumière,

Des enfants nus, sans pain, devant la tendre mère.

Ah! quelle mission pour le généreux cœur

Dont souvent la fortune éloigne sa faveur,

Quelle scène affligeante et quel désolant rôle,

Pour le zélé mortel qui sous l'humble toit vole!

Comment annihiler les agents si nombreux,

Qui versent dans le sang le germe scrofuleux?

Comment paralyser le chagrin, l'air fétide,

Qui viennent allumer la fièvre typhoïde?

Peut-on déraciner le mal qu'un dur labeur

Fixa dans chaque organe, au sein de chaque humeur?

Où seront les tissus, les abris tutélaires,

Que réclame le froid des fièvres meurtrières?

Trop souvent l'infortune, en de pauvres hameaux,

Appelle un doux remède en vain contre ses maux.

Ah! ce n'est pas aux bords que Chalonnes domine!

Là, de nobles vertus, pleut la faveur divine;

Oui, généreux Fleury, tes immenses bienfaits,

A ton pays heureux, ne faillirent jamais;

Au gré de ta vertu, si féconde en ressources,

Du bonheur général sont ouvertes les sources;

Et tu viens l'épancher au sein de tous les rangs,

Dans la triste cabane où sont les indigents.

Et toi, clergé pieux, où l'œil charmé révère

La sublime ferveur du plus saint ministère,

Toi, qui de Fénélon, du plus noble Vincent,

A jamais déployas le zèle consolant,

Ta douce charité va sur nos belles rives,

Epancher le bonheur dans les âmes plaintives.

Le vieillard malheureux, le timide orphelin,

De ton apostolat diront le fruit divin.

Quels stigmates hideux la syphilis propage

Chez la fille indigente, où le libertinage,

En jetant les appâts de la séduction,

Verse avec le plaisir un horrible poison!

De l'homme où le typhus porte sa violence,

Hâtons-nous d'éloigner la débile existence.

Oui, la seule vigueur élimine ou détruit
Le miasme effrayant qui du typhus jaillit;
De la timidité bannissons les alarmes
Qui vont donner au mal de trop cruelles armes.
Sur les bords égyptiens, le grand Napoléon
Bravait tous les dangers de la contagion.
Desgenettes, montrant son courage intrépide,
Osa s'inoculer un terrible fluide.
Respectons la nature en ses heureux efforts.
Contre un fatal agent filtrant au sein du corps,
Lorsqu'un sang trop fougueux, trop riche de globules,
Menace des tissus les frêles molécules,
Cherchons dans la saignée un bienfaisant secours,
Qui d'un fâcheux malaise arrête enfin le cours;
Un heureux flux de sang, quand la pléthore gêne,
Commande au médecin d'aller ouvrir la veine.
Avant tout connaissons du sujet la vigueur.
Trop souvent la saignée aggrave la langueur,
Et vient exaspérer des nerfs très irritables,
Affaiblir la nature en ses travaux louables;

Alors mobilisé vers l'organe important,

Le principe malin vole rapidement;

A nos yeux affligés trop souvent se décèle

La fièvre typhoïde ou quelque érysipèle.

Pour amortir les feux du sang, de chaque humeur,

Modérer des vaisseaux la trop bouillante ardeur,

Savourons prudemment l'eau claire, tempérante,

Un liquide acidule, une onde émolliente.

Versons le doux repos sur la digestion

Qui trouble dès longtemps la circulation,

Par des sucs altérés, des sucs non moins perfides,

Que les flots émanés de nos foyers putrides.

Le régime sévère à l'organe irrité

Va porter le bienfait de la salubrité;

Il va diminuer et l'ardeur et la masse

D'un sang qui dans l'organe aisément s'embarrasse.

L'heureuse métastase apporte des leçons

Que l'on doit formuler dans les révulsions.

Sur un tissu bien sain, que l'art enfin appelle

D'un organe important la phlogose cruelle;

Au tube digestif, au tissu de la peau,

Qu'avec prudence l'art verse un trouble nouveau;

Mais si l'on va blesser la trop sensible fibre,

Le cerveau retentit, le cœur ardemment vibre,

Et bientôt sous l'effort de la réaction,

Devant l'œil attristé, grandit l'affection.

Contre un mal dont l'ardeur sévit trop meurtrière,

Ah! combien la nature est souvent tutélaire!

Elle anime le cœur, les vaisseaux exhalants:

Le bien-être succède à des flux abondants.

Du tissu qu'affaissa la longue maladie,

Sachons combattre enfin la langueur, l'atonie.

La nature féconde offre à nos soins divers

Des végétaux les sucs, les principes amers.

S'il faut éliminer un élément morbide,

Observons sagement, marchons d'un pas timide.

De la brute l'instinct vient, en sage leçon,

Formuler le bienfait de la purgation;

Le besoin de chasser le résidu contraire,

Acclame les effets du bienfaisant clystère.

A l'irritation qui marche lentement,

Substituons parfois un trouble plus ardent;

De l'œil et de la peau souvent le mal engage

A prescrire un moment de ce moyen l'usage,

Quand ils sont ramollis par l'inflammation,

Quand on voit préluder à l'ulcération;

Mais pour bannir alors la sombre adynamie,

Rallumons sagement le feu de l'énergie.

Dans une amygdalite où s'alonge un enduit

Qui peut aller de l'air fermer l'étroit conduit,

Un caustique léger, porté d'une main sûre,

De l'irritation doit changer la nature.

On admire surtout la vertu des amers,

Du principe astringent, des restaurants divers,

Chez l'enfant scrofuleux, dans l'état scorbutique,

Où se trahit toujours la fibre adynamique.

D'un remède excellent propageons la faveur:

Le fer, si meurtrier au champ de la valeur,

Sait ranimer la vie en domptant la chlorose;

Sur de pâles minois il rappelle la rose.

Comment anéantir, par un fidèle agent,
La névrose rebelle à tout médicament?
A travers les nervins que l'art souvent dispense,
Rarement la boussole éclaire la science.
Sachons de l'hygiène accueillir la faveur,
Toujours si préférable au remède trompeur;
Devant cette névrose où chaque effort se brise,
Sachons dompter surtout l'agent qui l'éternise.
Gardons-nous tous les jours d'user imprudemment
De l'agent vénéneux, arme à double tranchant,
Dont la prescription, devant l'âme incertaine
Et devant tant d'écueils, se formule avec peine.
Au triste aliéné donnons les soins moraux;
En moyens révulsifs commandons les travaux.
Combien Pinel fut sage! il fit tomber la chaîne
Qu'a fait longtemps peser l'ignorance inhumaine;
Il ferma ces cachots où l'être malheureux
Allait de la pensée anéantir les feux;
Ces antres abhorrés qui, pour l'intelligence,
N'offraient d'autre aliment que l'horrible souffrance.

Opposons le voyage à la morosité.

Un pays inconnu, riant, accidenté,

Les sites gracieux, le ciel de l'Italie,

Les immenses glaciers, les champs de l'Helvétie,

Des mers surtout l'aspect grandiose, imposant,

Des tempêtes, des flots le courroux saisissant,

Vont tous arracher l'âme à la mélancolie,

Vont tous la retremper au sein d'une autre vie.

Contre l'affreux virus et l'effrayant venin,

Ou du fer ou des feux armons parfois la main;

Arrêtons dans son cours le germe trop perfide

Qui doit verser au cœur la mort la plus rapide.

Devant l'effroi subit, la consternation,

Sachons éliminer le dangereux poison;

Qu'un antidote heureux soudain le décompose,

En versant le bienfait de la métamorphose.

Comment, sans nul dégoût, détruire l'acarus

Qui des pauvres galeux laboure les tissus?

Les moyens excitants, le soufre, la potasse,

Viendront-ils seuls prêter un remède efficace?

Pour dompter ce virus, que les Européens
Apportèrent jadis des bords américains,
Ce terrible poison, fruit du libertinage,
Et qui dans tout le corps promène son ravage,
En antidote heureux le mercure agira,
Et l'iode souvent en aide le suivra.
Puissions-nous à jamais voir fermer le repaire
Où la femme perdant sa beauté la plus chère,
Brise de la pudeur le charme si touchant,
Puis offre sans remords un funeste présent!
Contre la fièvre éclose au sein du marécage,
Qu'en tous lieux du quina le bienfait se propage!
Le triste Péruvien qui vint donner son or,
Puis reçut en échange et l'outrage et la mort,
Pour ses cruels tyrans sait cultiver lui-même
L'arbre qui leur fournit un remède suprême.
Mais contre un mal affreux dont l'inégale humeur
Amène tour à tour le calme et la douleur,
Comment vient nous défendre une écorce chérie?
On ne peut qu'admirer son pouvoir, sa magie.

De Roux et de Malgaigne écoutant la leçon,

Où domine toujours la plus sage raison,

En prudent chirurgien, secondant la nature,

Traitons habilement la plaie et la fracture;

Au sein d'un appareil solide et contentif,

Enchaînant le fragment ou le bord fugitif,

L'art voit se déployer dans une humeur propice

Des vaisseaux, éléments d'un nouvel édifice;

Replaçons avec art l'organe déserteur,

Victime de l'effort, du violent moteur.

Rendons la liberté, pour un cours salutaire,

Au tube que le mal trop souvent oblitère.

Mais comment rétablir dans les conduits veineux,

Depuis longtemps fermés par un mal ténébreux,

Le cours de cette humeur qui tous les jours grossie

En lac si désolant forme l'hydropisie?

Des Mirault, des Daviers, réclamons les talents,

Afin qu'on rende à l'œil ses milieux transparents,

Afin que des beautés l'image ravissante,

Au gré de la science, à l'âme se présente.

Elaguons des tissus, des membres quelquefois;
Ainsi l'horticulteur élague un mauvais bois.
La main adroite va porter un fer prospère
Sur le corps étranger, sur la fibre qui serre,
Etrangle affreusement les nerfs et les vaisseaux,
En éloignant toujours le sommeil, le repos;
Sur l'organe enflammé quelquefois elle place
Un agent sédatif qui refroidit, qui glace.
Quand la douleur s'avive, usons d'émollients
Que viendront animer enfin des excitants;
Quand d'une artère ouverte, au sein de l'anémie,
On croit voir s'échapper tous les feux de la vie,
Portons sur le vaisseau qu'atteint la lésion,
Soudain la ligature ou la compression.
Que l'instinct vient parfois signaler de lumière!
Un singe qu'attendrit le malheur de son frère,
Vient fermer le vaisseau d'où le sang est versé,
Au moyen d'un feuillage artistement pressé.
Proclamons tous l'honneur du consolant génie
Qui versa les bienfaits de la lithotritie.

Au Sisyphe, en broyant les calculs vésicaux,

Pour jamais elle rend enfin le doux repos.

Propageons la vertu du puissant chloroforme,

Que devant ses vapeurs notre douleur s'endorme.

Quand le mal à nos yeux surgit obscurément,

En sages Fabius, hâtons-nous lentement;

Devant le beau savoir qu'à nos soins on rallie,

D'Aristide sachons offrir la modestie.

Pour affermir de l'art encore le pouvoir,

Sachons des autres arts emprunter le savoir;

Allons, pour raviver les flammes de la vie,

Recueillir les rayons d'une sage chimie.

Le talent radieux de Thénard, d'Orfila,

En fanal éclatant pour nous resplendira.

Pour seconder les soins de la thérapeutique,

Recevons le flambeau de l'art pharmaceutique.

Lorsqu'au sein des tourments doit éclore un doux fruit,

Entourons de nos soins la femme qui gémit;

Contre les accidents montrons le plus beau zèle;

Au fruit mal dirigé donnons place nouvelle.

Secondons la nature avec la main, les fers,

Sachons avec prudence éloigner les revers.

Quels soins encore attend de la plus tendre mère

Un doux fruit séparé de la tige prospère,

La corolle qui doit, au berceau moelleux,

Au sein des bras trouver le calice amoureux !

A jamais protégeons la plus fragile vie,

L'enfant que détruirait bientôt la maladie.

Qu'on dût bénir Rousseau, dont le divin talent

Fit tomber ces liens qui torturaient l'enfant !

Du frêle rejeton il vint tarir les larmes,

Ramener le souris, dissiper les alarmes.

Le pays lui devra les plus beaux citoyens ;

La nation lui doit de généreux soutiens.

Pour bannir, conjurer la terrible souffrance,

Au foyer lumineux recueillons la science ;

Cherchons près des Bouillaud, des Chomel, des Andral,

Des Dubois, des Ricord, le talent médical.

Arrière, vils jongleurs, vous dont le magnétisme

Devant l'œil ébloui sert le charlatanisme.

Et toi, dont l'espérance a cru trouver enfin
Près de l'uromancie un refuge certain,
Arrière, charlatan, dont l'ignoble jactance
Fait saillir à nos yeux la profonde ignorance,
Use de vils moyens, remplace le talent,
Par l'effronté babil, l'air le plus important;
Sans pudeur, sans remords, lance la calomnie
Sur l'âme dès longtemps par l'étude anoblie.
En toi pourtant je vois briller un avantage;
Du malade tu sais relever le courage;
Dans ton air d'assurance un moment il croit voir
L'aplomb que vient donner l'honorable savoir;
Mais bientôt l'insuccès vient dessiller la vue,
Après tes vains efforts l'espérance est déçue;
Au rayon du bon sens, du plus infime esprit,
Ton éphémère éclat toujours s'évanouit.
En vain pour seconder un futil bavardage,
En tous lieux, à ton gré, marche le commérage:
On sait bien que l'étude en toi ne versa rien;
Au lit de la douleur ne sois pas assassin.

Hommage à ce mortel qu'honore la science,
Qui prodigue un beau zèle au sein de l'indigence,
Qui devant les boulets, au milieu des combats,
Sait ravir à la mort nos valeureux soldats :
Qu'à marcher nuit et jour l'homme de l'art s'apprête,
En bravant le danger qui plane sur sa tête.
Collègues distingués, ô dignes Chalonnais !
Vous qui sur le malheur versez tant de bienfaits,
Pour chanter vos doux soins, vos talents qu'on admire,
Oui, j'aimerai toujours faire entendre ma lyre.
Mais vous dont les habits, la barbe et les cheveux,
Absorbent tous les soins, proclament à nos yeux
Votre goût distingué, votre coquetterie,
Et des plus fiers lions vont exciter l'envie,
Vous dont l'œil scrutateur, aisément enchanté,
Cherche dans les regards de la jeune beauté,
Un symptôme étranger à cette maladie
Qui réclame le soin de votre humble génie,
Vous pourriez dans le sang, dans quelque sombre humeur,
De vos riants habits altérer la fraîcheur,

Allez porter ailleurs vos soins peu salutaires,

Soyez très humblement médecins honoraires.

Ah! de quelle splendeur l'art s'environnera

Aux champs ensanglantés où Mars l'appellera!

Qu'il est brillant d'ardeur sur le champ de bataille,

Le médecin qui vole, en bravant la mitraille,

A travers les blessés, dont la triste pâleur

A soudain remplacé l'éclat de la fraîcheur,

A des cœurs généreux dont le sang ruisselle,

Au milieu des mourants dont le regard l'appelle,

Dans un spectacle affreux où l'accent de douleur

Vient de l'ambition maudire la fureur!

Combien on doit aimer le gouvernement sage

Dont l'art sait conjurer de la guerre l'orage!

Trop souvent le tableau du plus navrant malheur

Vient frapper le regard, vient déchirer le cœur.

Mais quel enivrement quand d'heureux soins vont rendre

La santé la plus chère à l'enfant le plus tendre,

Arracher au trépas la mère dont le cœur

Sur l'enfant qui gémit versait tant de bonheur!

O digne médecin! où je vis constamment

Le plus noble savoir, un cœur pur, bienfaisant,

O Bigot! si brûlant de la philanthropie

Qui du sage Garnier a signalé la vie,

Combien ton noble front rayonne de bonheur,

Quand tes soins du trépas ont conjuré l'horreur!

Lorsqu'aux jours du printemps s'éloignant de la ville,

L'homme de l'art, monté sur un coursier docile,

Voit partout resplendir le site gracieux

Dont l'éclat rivalise avec l'éclat des cieux;

Lorsqu'il voit onduler ces champs où la nature

Fait surgir, ondoyer la plus belle verdure,

Que les yeux voient, au sein d'un immense horizon,

Verdoyer le coteau, le superbe vallon,

Où l'onde fuit, serpente entre de beaux rivages,

Non loin de gais troupeaux, de gracieux villages,

Quand se dresse partout l'arbre majestueux,

L'ormeau, le peuplier, le chêne vigoureux,

Si dans un beau lointain la forêt druidique

Élève fièrement sa voûte magnifique,

Oui, l'homme de l'art goûte un charme plein d'attraits.

Devant les champs fleuris, les hameaux et leur paix,

Devant le paysan, la bergère gentille,

Où l'aimable candeur avec la gaîté brille,

Devant l'émail des prés, la brillante moisson,

Dans l'âme se répand la douce émotion.

Sous le ciel azuré, la lumière limpide,

Sous la brise embaumée, en tout lieu l'œil avide

Contemple les reflets de la divinité,

Qui d'immenses faveurs comble l'humanité.

Ah! tant que le savoir ne pourra de la vie

Signaler clairement le jeu, l'anomalie,

Quand il n'aura pour nous qu'un flambeau pâlissant,

Le médecin, hélas! gémira trop souvent.

Toi qui viens, noble sœur, te poser en exemple,

Qu'avec ravissement le monde entier contemple,

Combien tu dois gémir au lit de la douleur,

Quand tu fais éclater la sublime ferveur!

Combien on doit chérir la tutélaire flamme

Que les plus saints devoirs appellent dans ton âme!

Oui, déjà le mourant bercé d'un songe heureux,
Dans la vierge suave a vu l'ange des cieux.
Rien ne peut égaler le zèle d'une amie,
Quand nous sommes en proie à quelque maladie;
Elle sait révéler du plus sensible cœur
Les charmes, les trésors, la plus touchante ardeur.
Autrefois, pour calmer la souffrance cruelle
Du chevalier blessé, la noble jouvencelle,
Avec les soins que doit répandre un médecin,
Versait d'un tendre cœur le baume exquis, divin.

QUATRIÈME CHANT.

‑‑‑‑‑

S'il est beau d'enlever une épine cuisante,
Il est beau d'éloigner la flèche menaçante;
L'art doit porter dans l'air, aliment précieux,
Des torrents d'oxygène et le rayon des cieux.
Contemplez la vigueur et la mine guerrière
De ce beau Péruvien en des flots de lumière.
Voyez le froid têtard d'où l'œil obscur et frais,
De la métamorphose éloigne les bienfaits.
Le mineur que la faim enchaîne sous la terre,
Loin d'un air épuré, loin du rayon solaire,

Dans un triste visage où règne la pâleur,

De son cœur affaibli réfléchit la langueur.

Dans un air sec puisons les beaux feux de la vie.

Voyez du montagnard la brillante énergie;

Le difforme crétin, aux gorges du Valais,

De l'air stagnant, humide, accuse les effets.

Au sein de l'air aqueux l'âme faiblement vibre,

Du cerveau languissant le travail est moins libre;

On dirait qu'à travers les flots d'humidité,

L'esprit engourdi perd son électricité.

Sachons anéantir le miasme perfide

Qui souille nos humeurs de son courant putride.

Portons les flots du chlore au sein des hôpitaux,

Dans l'atelier fétide, aux cales des vaisseaux,

Dans ces réunions où l'air impur abonde,

Et roule dangereux sur tous les flots du monde;

Ravissant l'hydrogène au miasme, au poison,

Le chlore bienfaisant que propage Guiton,

Devant nos yeux ravis soudain vient briser l'arme

Qui partout va semer le trépas et l'alarme.

En douce brise on doit verser l'air épuré,

Au loin on doit chasser le fluide altéré.

Au brave, dont pour nous éclate la vaillance,

Oui, jetons un regard de sage bienveillance;

Qu'on baigne d'un air pur le bivac, les abris

De soldats généreux, défenseurs du pays.

Par le ventilateur et le calorifère,

Chassons, des lieux infects, la vapeur meurtrière;

Par des soins éclairés on fait de la fraîcheur

Eclore sur les fronts la ravissante fleur.

A ce jeune marin, pâle de nostalgie,

A l'élève fané par la mélancolie,

Point d'air fétide, obscur; on doit éloigner d'eux

L'air où la force éteint le reste de ses feux.

Au fond de la prison, où l'âme languissante

Doit sentir du remords l'épine déchirante,

Guidés par la sagesse et par l'humanité,

Versons l'air, la lumière et la salubrité.

Autour des lieux malsains, du tombeau, sombre asile

Que la noble vertu sait voir d'un œil tranquille,

Qu'on oppose aux torrents d'un air pernicieux

Les vivaces rameaux de l'arbre gracieux;

Sous les feux du soleil, oui, du riant ombrage,

Un air vivifiant à grands flots se dégage.

Plus de vastes marais, et que leurs sombres flots

Au sein du fleuve soient versés par les canaux.

Quels maux ne jette pas, au foyer de la vie,

La fétide vapeur que l'air toujours charrie,

Loin de l'être qu'enfin la putréfaction

Sait métamorphoser en terrible poison!

Plus d'immenses forêts, dont la cime ondoyante

Au nuage soutire une eau surabondante;

Leur sol fétide, où vient régner l'humidité,

Fait jaillir l'élément de l'insalubrité;

Leurs rameaux assombris, loin du rayon solaire,

D'acide carbonique inondent l'atmosphère.

Sous l'aile de la brise, au sein d'airs épurés,

Cherchons de la santé les feux si désirés;

Redoutons des frimats la rigueur excessive;

De la Bérésina, la trop fameuse rive

Vit dans ses champs glacés passer nos fiers soldats
D'un perfide sommeil au sommeil du trépas.
Mais contre les hivers, contre l'intempérie,
Sachons par l'habitude affermir notre vie.
Redoutons du soleil le trop brûlant rayon
Si fertile en mirage, en triste illusion.
Sur la plage africaine une vive lumière,
Vers les yeux se brisant, imprime sur la terre
L'ombrage des palmiers et le tableau des cieux;
Elle montre d'un lac le flot délicieux;
L'homme y voudrait calmer la soif la plus brûlante,
Mais l'onde fuit toujours en chimère accablante.
Quel beau talent pourra conjurer le malheur
Que vient lancer l'orage à travers la chaleur?
A ces brillants éclairs sillonnant le nuage,
A ces éclats roulant de rivage en rivage,
A tout ce grandiose où le pouvoir des cieux
Partout se réfléchit, partout frappe les yeux,
Nous voyons succéder l'effroi, la maladie;
D'un fluide terrible éclate la magie;

Du système nerveux, des torrents inconnus
Ebranlent, dissocient les fragiles tissus;
Dans l'innervation ils portent les ravages;
Souvent de l'existence ils brisent les rouages.
Quand la foudre mugit, fuyons un air courant;
Près du clocher altier, du chêne culminant,
N'allons pas réclamer un abri tutélaire;
Accueillons la faveur qu'offre un paratonnerre.
Un air brûlant, en nous de l'inflammation
Vient souvent allumer le funeste brandon;
Mais le froid modéré d'une belle énergie,
D'un feu réagissant viendra doter la vie.
Loin de nous un air tiède où règne la langueur,
Où la brise trop douce apporte une vapeur
Dont le flot dangereux aisément dissocie
Les éléments divers qu'abandonna la vie.
L'aliment, la boisson, appellent tous nos soins,
Nous devons écouter la voix de nos besoins;
Mais sachons redouter le talent culinaire
Qui pourrait éveiller une faim meurtrière;

Dans l'estomac lassé de la digestion,

Les morceaux les plus doux se changent en poison;

Parmi les aliments, les uns, pâle assemblage

De fécule insipide et de froid mucilage,

De l'estomac jamais ne stimulent l'ardeur,

Et peu riches d'azote ils versent la langueur;

Les autres, mariant au sel de l'osmazôme

La fibrine surtout qu'un art suave embaume,

Echauffent l'estomac, animent les vaisseaux,

Jettent sur la vigueur un carmin des plus beaux.

A l'homme vigoureux, qu'un dur labeur accable,

Donnons la ration et large et confortable;

Présentons-lui surtout l'aliment fibrineux,

Qui sait de l'énergie allumer tous les feux,

Qui de la faim longtemps éloigne l'exigence,

Au profit du travail qu'appelle l'indigence.

Pour l'évolution de son grêle tissu,

Au gré de l'appétit que l'enfant soit repu;

Surtout peu d'aliments au vieillard toujours frêle,

Où la congestion aisément se révèle;

Mais sachons lui verser, comme au faible sujet,
D'un flacon généreux le consolant bienfait.
Donne, ô toi qui toujours iras de la science
Dévoiler les secrets, dans une étude immense,
Donne à ton estomac de légers aliments,
Pour tes nerfs excités crains tous les stimulants;
Au sexe gracieux nourriture légère,
A ses nerfs trop vibrants le vin semble contraire.
Craignez, sexe enchanteur, que la vapeur du vin
Soudain ne brise en vous le charme pur, divin,
La suave pudeur, la noble modestie,
Qui font de vos attraits la douce poésie.
Pour un faible estomac, qu'on joigne à l'aliment
Une épice légère, un sel assaisonnant;
La nature le dit, quand aux sucs insipides
Elle vient marier le sucre, les acides,
Quand elle vient unir de ses habiles mains,
Au mucilage aqueux des excitants divins,
Dans le raisin suave et la fraîche cerise,
Dans l'orange embaumée et dans la fraise exquise.

Au stupide cerveau, d'où la raison jamais
Ne sut faire jaillir que de pâles reflets,
Permettons le café, dont l'excitant globule
Electrise des nerfs soudain la molécule.
Avec prudence usez de l'arome excitant,
Qui souvent alluma les feux du sentiment.
Aux marins, aux soldats, fatigués de la vie,
Laissons d'un tabac pur la céleste ambroisie;
Sur l'ennui, le chagrin, il vient complaisamment
Jeter un doux nuage, un voile consolant;
Sous l'heureuse vapeur bientôt, comme un dieu, l'homme
Des bosquets olympiens semble aspirer l'arome.
Mais révélant un goût qui nous semble anormal,
N'allons-pas du tabac faire éclore le mal;
La sage médecine aisément apprécie
La feuille dont l'odeur trop souvent désennuie.
Qui n'a vu du tabac, le principe vireux
Des esprits animaux anéantir les feux?
Perd-on sans nul danger un torrent salivaire,
Qu'en vain appellera le bol alimentaire?

Il est vrai, l'habitude enfante le besoin

Et sait le revêtir d'un pouvoir souverain;

Un vieillard sans tabac au fond d'un bois chemine,

Le besoin de priser l'assiége, le domine;

Une langueur l'accable, il tombe l'œil mourant;

La poudre de Nicot le ranime à l'instant.

Un marin, pour charmer l'ennui de la journée,

Dans sa bouche roulait l'étoupe goudronnée;

Il avait cru tromper un besoin exigeant

Qui, jour et nuit, venait le presser tristement;

Il sentait de la mort déjà la faux cruelle,

Quand il eut pour sauveur une chique nouvelle.

Disciples de Boudha, sensuels musulmans,

D'opium, de haschic, enivrez tous vos sens.

De l'esprit nous aimons à garder la sagesse,

Nous voulons du cerveau conjurer la faiblesse;

On peut bien, sans monter jusqu'aux derniers cieux,

Savourer le plaisir exquis, délicieux;

Lorsqu'un rêve trop haut nous porte, nous égare,

Trop souvent nous tombons en malheureux Icare.

Au réservoir impur jamais le résidu
N'est malgré le besoin sans danger retenu;
De ce besoin pressant le cri se fait entendre;
A son vœu sans retard, oui, nous devons nous rendre.
De nos tissus laineux ne nous dépouillons pas
Dans la froide saison, au milieu des frimas;
La laine fixe en nous la chaleur salutaire,
Sous le fil bienfaisant et sous l'air qu'elle enserre;
Sous elle la vapeur qui de nous s'exhala,
En flots réfrigérants jamais ne jaillira.
N'allons pas, vains jouets de la mode légère,
Dans les habits chercher la cause meurtrière.
Tremblez, sexe enchanteur, dont la folle raison
Choisit des vêtements dont se rit l'aquilon,
Qui d'organes serrés entravent l'exercice,
Et sur de frêles corps amènent le supplice.
La mort, dans tous ces bals, écueils de la santé,
Va marquer sa victime au rang de la beauté.
Sous les feux du soleil, qu'une étoffe légère
De coton ou de lin et d'une teinte claire,

Reflète loin de nous de l'astre le rayon,

Et permette aux sueurs l'évaporation.

Jamais d'étroits habits quand la chaleur s'élance

A travers nos labeurs, dans les jeux de l'enfance;

Sur le muscle entravé dans tous ses mouvements,

Sur le membre arrosé de fluides brûlants,

Les vêtements alors s'érigent en barrière

Que jamais ne franchit la brise salutaire.

Par l'habit n'allons pas gêner la fonction,

Enrayer les élans de l'évolution.

Au vieillard, dont le sang coule avec tant de peine,

L'habit ne doit jamais causer la moindre gêne.

Recommandons le bain, dont le flot précieux

Restitue à la peau son éclat gracieux,

Ravit aux absorbants la sale molécule

Dont le cours du sang vient infecter le globule.

Selon divers degrés où se peint la chaleur,

Le bain sait apaiser ou stimuler l'ardeur;

Il sait faire éclater, sous la glace qu'il sème,

Un feu réagissant, une vigueur extrême.

Que j'aime à voir les lois de la religion

Venir du médecin appuyer la raison,

En prescrivant du bain la faveur si prospère

Pour l'organe enflammé par le rayon solaire!

Aux bienfaits qu'ont portés sur les nerfs, les vaisseaux,

De nos bains les vapeurs ou les liquides flots,

De rudes frictions, d'un vigoureux massage,

Joignons, joignons surtout le magique avantage.

Des muscles affaiblis ils relèvent le ton;

Sous leur bienfait soudain tout vibre à l'unisson.

A Rome, chez le Turc, au fond de la Russie,

On y voit l'élément d'une belle énergie;

Au gourmand dont le corps et l'esprit fort épais

Semblent rivaliser, qu'ils portent leurs bienfaits.

Pour connaître des bains les brillants avantages,

Des plus beaux musulmans allez fouler les plages.

Je vous plains franchement, oisifs infortunés;

Pour les travaux divers tous les hommes sont nés;

Le travail modéré consolide la fibre

Des tissus dont toujours le jeu devient plus libre.

11

Mais craignons d'altérer les fragiles réseaux,

D'organes qui jamais ne cherchent le repos.

Souvent la lésion par l'étude jetée,

Réalise à nos yeux le sort de Prométhée :

Ayant voulu ravir un noble feu des cieux,

Il se vit accablé des maux les plus affreux.

De nos membres surtout ranimons l'énergie,

Au profit du penser qu'elle revivifie;

Aux muscles excités bientôt le mouvement

Appelle du cerveau le sang trop abondant,

L'ardeur qui peut léser la fibre médullaire,

Et de l'intelligence effacer la lumière.

A l'homme trop sensible, au frêle adolescent,

Que domine à jamais un funeste penchant,

Conseillons le bienfait d'un ardent exercice

D'un travail corporel aux vertus si propice.

Invoquons les effets de la natation,

Et la course et la chasse et l'équitation.

Que la frêle jeunesse aille dans un gymnase,

D'une belle vigueur toujours poser la base;

Là, qu'au milieu des ris, des jeux, de la gaîté,

Elle fasse germer les fleurs de la beauté.

Mais de ces ouvriers qu'affaisse la misère,

Où vibre faiblement la fibre musculaire,

Ecartons à jamais le pénible labeur;

Ayons de la pitié, des soins pour le malheur.

D'un long séjour au lit redoutons les amorces,

Dans l'alcove enfoncé l'homme enfin perd ses forces;

Bientôt, siége éternel de la congestion,

Le cerveau ne sait plus vibrer pour la raison.

Ne cédons pas toujours à l'amour dont l'empire

A travers mille fleurs vers l'écueil nous attire;

Dans ses enivrements, dans ses brûlants transports,

S'évanouit l'éclat de l'esprit et du corps.

A d'autres passions l'homme est souvent en proie,

Ainsi qu'à la douleur on succombe à la joie;

Dans ces jeux de la Grèce, où le plus beau talent

Reçoit un doux suffrage, un laurier éclatant,

Un homme, dont le fils ceint la noble couronne,

Meurt de l'enivrement dont son âme rayonne.

D'un sentiment trop vif la stimulante ardeur
Vient lasser le cerveau, vient fatiguer le cœur;
Ou bien vers l'estomac à jamais elle appelle
Un trouble, une phlogose, à nos moyens rebelle.
Honneurs, pouvoir, fortune et séduisant plaisir,
A chaque instant de l'homme enflamment le désir;
Vers eux d'un pas rapide à tous moments il vole,
Un obstacle, un échec, l'irrite, le désole;
Ecoutant son orgueil, exagérant ses droits,
Il voit de l'équité méconnaître les lois;
Son cœur en est froissé, la douleur s'en empare,
Le corps languit bientôt et la raison s'égare.
Roulant de vains projets l'homme rêve un bonheur
Qui s'envole à jamais loin de son triste cœur;
Il sait avec délice accueillir l'utopie,
Qui flatte l'espérance et nourrit la folie.
Que la religion prête un heureux secours,
Et des égarements vienne briser le cours;
Au foyer des rayons que jette sa lumière,
Oui, l'âme s'agrandit, s'élève tutélaire;

Elle sait réfléchir l'éclat le plus brillant,

En laissant échapper un arome charmant.

De même sous les feux que le soleil propage,

A travers les rameaux, le gracieux feuillage,

La rose printanière enfin s'épanouit,

En faisant ondoyer un parfum qui ravit.

Vers la divinité quand la raison s'élance,

D'un sublime rayon recevant l'influence,

Elle s'épure et brille enfin de mille attraits;

Elle épanche en tous lieux des vertus les bienfaits.

De même nous voyons sous le rayon solaire,

L'eau monter, s'épurer en nuage prospère,

En suave rosée, en torrents précieux,

Sur nos guérets verser les biens les plus heureux.

Recherchons tous l'appui d'un gouvernement sage,

Dont la juste faveur en tout lieu se propage;

Que de l'homme inférieur il écoute la voix,

En venant l'abriter sous les plus justes lois;

Qu'il projette un regard d'amour, de bienveillance,

Au rang le plus infime, au sein de l'indigence.

Qu'en tous lieux un hospice au malheur destiné,

S'ouvre à l'humble misère, au pauvre aliéné,

A ce fou dont l'état fait couler tant de larmes,

Et devant le péril va semer tant d'alarmes.

Sachons de l'infortune adoucir tous les maux,

Par les soins consolants, les dons et les travaux.

C'est près du médecin, dont l'esprit tutélaire

En butinant cueillit la plus sage lumière,

Que l'on doit réclamer une douce lueur

Pour éclairer les pas au sentier du bonheur.

Sous les rayons brillants que son fanal propage,

S'élance le parfum d'une raison plus sage,

Et vont s'épanouir les fleurs de la santé,

Elément d'énergie et de félicité.

On doit s'illuminer de la clarté brillante

Qui fait d'un art chéri l'auréole éclatante,

Auréole d'honneur, dont les divins rayons

De nombreux médecins vont couronner les fronts.

Mais le concours d'agents ténébreux et malins,

Va trop souvent briser l'effort des médecins;

En vain le tendre amour aux talents se rallie,
Ah! devant eux s'éteint le flambeau de la vie;
Devant tous leurs efforts s'évanouit souvent
Des plus belles vertus l'assemblage charmant.
Que n'a-t-on pu naguère, ô tendre Caroline!
De ton horrible mal voir la cause assassine!
Que n'a-t-on prévenu l'invincible douleur,
Qui trop tôt nous ravit le plus généreux cœur,
La plus noble raison, l'esprit le plus aimable,
Tous les sublimes feux du zèle charitable!

SUR LES SENS EXTERNES,

POÉME EN CINQ CHANTS.

PREMIER CHANT.

◦─❀◉❧─◦

Je vais chanter les sens, actives sentinelles,
Vigilants serviteurs dont les signaux fidèles
Vont soudain révéler aux yeux de la raison
La présence d'objets que cerne l'horizon.
En flots resplendissants, loin du globe solaire,
Sous la voûte d'azur sait jaillir la lumière;
De l'être environnant qui sait la réfléter,
Vers le globe oculaire elle va se porter;
En limpides rayons de suite elle s'élance
A travers des milieux où plonge la science;

De la mince cornée au sein du cristallin

Et de l'hyaloïde elle suit un chemin;

La pupille inconstante à jamais favorable

Laisse toujours passer un faisceau variable;

Dans un tissu nerveux et sur un noir tapis

Les formes et l'éclat des objets sont traduits.

De l'éther lumineux les ondes fugitives

Font rouler plus ou moins de couleurs primitives;

L'ombrage des forêts, le tapis de gazon,

Pour nos regards charmés n'ont que le vert rayon;

Plus ou moins réfringent, l'œil dans une pupille

Trouve un régulateur, un pouvoir fort docile.

La nature entoura des plus généreux soins

Un organe important, source des plus grands biens.

De nos sourcils arqués l'ombrage tutélaire

Et les gracieux cils qui bordent la paupière

Vont tempérer l'ardeur du torrent lumineux,

Arrêter les élans de l'insecte fougueux;

Et la double paupière en voile favorable

Appelle sur les yeux un calme indispensable.

La glande lacrymale à l'organe éclatant

En nayade projette un suc lubréfiant.

Le bienfaisant pavot que le sommeil envoie

Verse en l'œil aisément le repos et la joie.

L'image des objets, qui vont frapper les yeux,

A l'âme se transmet par deux rameaux nerveux.

Le sublime tableau de la nature entière

Au regard se déroule, au sein de la lumière;

Les globes suspendus à la voûte des cieux

Devant lui vont jeter un éclat radieux.

Leurs rayons bienfaisants, lancés dans l'atmosphère,

Vont éclairer nos yeux, vont flotter sur la terre;

Du splendide matin les merveilleux reflets

Enchantent les regards, fécondent les guérets.

Nous voyons des torrents ou la vapeur légère,

Les ondes en glaçons traverser l'atmosphère.

Devant les yeux charmés, en groupes fort divers,

Les nuages brillants s'avancent dans les airs.

Au sein du grandiose, au milieu de l'orage

L'éclair éblouissant sillonne le nuage;

On aime à voir l'oiseau s'élancer en éclair,

Avec grâce onduler dans les routes de l'air.

Que d'objets différents sont épars sur la terre,

En charmant nos regards, au sein de la lumière!

L'homme vient déployer devant l'œil enchanté

La grâce, la vigueur avec la majesté;

Dans son joli minois, dans sa grâce légère,

La femme aux yeux ravis formule l'art de plaire.

Quelles variétés nous offrent les tableaux

Des corps organisés! Voyez les animaux :

Du lion courageux voyez la mine altière;

Du cheval nous aimons l'air, la démarche fière;

Le cerf nous ravira par sa légèreté;

Le bœuf si vigoureux a la docilité;

On aime à voir l'agneau, de la douceur l'image;

Quels reflets vient lancer des oiseaux le plumage;

Voyez le colibri volant de fleurs en fleurs

En faisant resplendir les plus vives couleurs.

Admirez le poisson dans l'élément humide

Que frappe en ondulant la nageoire rapide.

Lorsqu'au sein de la rose un papillon joyeux
Va butiner, qu'il verse un éclat radieux!
Quel plaisir vont jeter au sein du paysage
Les rameaux ondoyants, les flots du vert feuillage,
Le tapis de gazon, siége de la gaîté,
Théâtre des amours et de la volupté,
Et la brillante fleur dont le riant calice,
Le suave incarnat fait jaillir le délice,
Sur l'éclat le plus beau vont glisser mollement
La brise parfumée, un rayon séduisant.
J'aime à voir serpenter le flot dans la prairie;
J'aime un fleuve dont l'onde en roulant vivifie.
Quel spectacle effrayant soulèvent à nos yeux
D'une mer en courroux les flots impétueux!
Quand du vaisseau brisé par l'affreuse tempête
A travers les brisants le naufrage s'apprête,
Qu'il plaît à nos regards l'arc-en-ciel radieux
Où la lueur se brise en reflets merveilleux.
Mais rien n'est comparable au souris d'une amie,
D'une tendre moitié, d'une mère chérie;

Que ne puis-je le voir ton souris enchanteur,
Epouse, dont la mort vint déchirer mon cœur!
Puisse un jour ton regard, aimable Caroline
En moi jeter encor la volupté divine!

DEUXIÈME CHANT.

Ebranlé par le choc, par la vibration,
En ondoyant l'air vole au sein de l'horizon.
Il franchit en vibrant le tube auriculaire
Roulé par la nature en cornet salutaire;
Du pavillon la conque et les replis saillants
Brisent l'onde sonore en reflets éclatants;
L'air frappe le tissu membraneux, élastique,
En subissant les lois, le joug de l'acoustique;
Il soulève en passant mainte vibration,
Réveille des échos, soutiens heureux du son.

12

Une fine membrane, une caisse petite,
Sentent le choc de l'air qui soudain les agite.
Un air intérieur, des plans anfractueux,
Un sombre vestibule et des canaux pulpeux
Traduisent les élans de l'onde frémissante
Qu'un nerf sait formuler à l'âme intelligente.
Elle perçoit le bruit dans les airs projeté,
L'accent de la douleur, de la vive gaîté,
Les terribles éclats lancés par le tonnerre,
La pluie et le grêlon que verse l'atmosphère;
L'oreille entend mugir le terrible ouragan,
Le fougueux aquilon, le dangereux autan;
Elle entend soupirer la bienfaisante brise,
S'émeut au bruit des monts que vient glacer la bise.
Quel doux ravissement jette au champ gracieux
De nos tendres oiseaux le son mélodieux!
Quelle suavité dans leur joyeux ramage,
Qui charme les bosquets, le ravissant ombrage!
L'oreille dans le son aperçoit clairement
Les éclairs du penser, lés feux du sentiment;

L'oiseau dans son babil, dans son gentil ramage,
De son cœur inégal nous présente l'image;
Le lion rugissant, le cheval qui hennit,
Le tendre agneau qui bêle, un taureau qui mugit,
Savent dire au tympan leurs flammes si brûlantes,
Leurs besoins, leurs plaisirs, leurs gaîtés si bruyantes.
Un sultan emplumé devant l'aube du jour
Traduit la vigilance et le brûlant amour;
Un oiseau qu'on dédaigne a d'un cri bénévole
Sauvé les fiers Romains non loin du Capitole.
Combien d'expression dans l'accent varié
De ce fidèle chien si vibrant d'amitié,
Lorsqu'il vient nous offrir la plus tendre caresse,
Quand surtout le danger nous entoure, nous presse!
Ah! qu'ils sont ennuyeux tous ces miaulements
De nos chats embrâsés par des feux éclatants,
Quand leur accent d'amour en sursaut nous éveille,
Fait palpiter le cœur et déchire l'oreille!
Quel plaisir ravissant, quelle touchante joie
A travers les pensers l'heureux tympan envoie!

Dans le cœur maternel d'un tendre enfant le son
A l'instant vient porter la vive émotion;
Soudain le triste accent vient trahir les alarmes
Devant une douleur, devant le flot des larmes.
Le chagrin d'un époux, d'une tendre moitié
Va bientôt réveiller l'écho de l'amitié.
Quels accents enflammés exhale la tendresse
Devant l'œil féminin, la femme enchanteresse,
Devant le doux regard, le souris enivrant,
Le trouble qui traduit le tendre sentiment,
Entre ces jeunes cœurs brûlants de sympathie,
Exhalant de l'amour la plus pure ambroisie!
Ah! loin de nous l'accent, fidèle écho des maux,
Qui vibre, jour et nuit, au sein des hôpitaux.
Combien il est affreux, à travers la bataille,
Au milieu des boulets, du sang, de la mitraille,
D'entendre le soupir de nos braves soldats,
Le cri du désespoir, le râle du trépas!
Quel chagrin, quelle horreur vient jeter dans notre âme
Le cri du malheureux dévoré par la flamme,

Au sein de l'incendie, en des bûchers ardents

Qu'un fanatisme horrible alluma trop longtemps !

Loin de nous cette voix que l'horreur du naufrage,

Un affreux désespoir en longs échos propage !

Savourons un délice, un pur enivrement

Devant tous les discours empreints d'un beau talent ;

Recueillons à l'envi la parole magique,

Accent de la vertu, du zèle évangélique.

Au sein d'un beau théâtre où règne la splendeur

Des habits, des beautés et surtout de l'honneur,

J'aime entendre l'écho de cette poésie

Qui sous les charmants flots d'une pure ambroisie

Vient embraser les cœurs des feux les plus brillants,

Vient inspirer l'amour des nobles sentiments !

Combien j'aimais ta voix, ô tendre Caroline,

Quand elle résumait de ton âme divine

La beauté, la candeur, les élans vertueux,

Quand elle formulait ton amour généreux !

TROISIÈME CHANT.

—◦❀◦—

De la digestion, sentinelle avancée,
Le goût sur la saveur éclaire la pensée;
Des filets cérébraux en réseaux s'enlaçant,
Vont dans l'antre buccal verser le sentiment;
Au suave contact du principe alibile,
Ces filets stimulés érigent leur papille;
Leur pulpe recueillant la vive impression,
A travers le cerveau la porte à la raison,
A l'âme qui saisit des saveurs la nuance,
Et dans les mets choisis trouve la jouissance.

La nature fertile en bienfaits éclatants,

Présente à nos besoins de nombreux aliments;

Attendons que la faim, au goût toujours propice,

Fasse jaillir des mets le charme, le délice.

De la sobriété qu'on entende la voix,

L'hygiène le veut, le commande en ses lois;

A jamais loin de nous cette gloutonnerie,

Qui des Romains déchus jadis souilla la vie;

Ils vidaient l'estomac dans un pompeux festin,

Afin de réveiller les échos de la faim;

De Sparte, où dominait sans doute la folie,

Laissons le brouet noir si peu digne d'envie;

Laissons au vil palais de ces chétifs Lapons,

L'écorce des bouleaux et l'huile des poissons.

Chérissons les beaux fruits de la zône torride,

Mais craignons-en l'abus séduisant et perfide.

Au climat tempéré, la nature à nos yeux

Etale abondamment les mets délicieux;

Sous les bienfaits de l'art, sous les flots d'ambroisie,

La chair de l'animal vient exciter l'envie;

Du sein de nos foyers les bouillis succulents,

Les rôtis savoureux et les ragoûts friands,

Aux gourmets affamés, ralliés à la table,

Vont porter le plaisir, le délice ineffable.

Nos fruits si variés, la pêche, le raisin,

La prune, l'abricot, versent leurs jus divin;

Dans les jardins où sont la fraise, la cerise,

La poire, oui, tout vient charmer la friandise.

Dans nos fruits savoureux la nature a semé

Un sucre, un doux nectar, un acide embaumé.

Dans tous nos vins charmants, rivaux du Malvoisie,

Quel goût délicieux, quelle fine ambroisie!

L'Hébé ne verse pas, dans les soupers divins,

Des fluides meilleurs que nos pétillants vins.

Quel plaisir on goûtait chez le fameux Véri,

Devant le doux nectar et le fameux rôti!

Quel bonheur on moissonne au palais grandiose,

Où l'esprit culinaire en vrai tyran se pose!

Mais craignons les abus, sources de tant de maux;

Versons à l'estomac le bienfait du repos.

Redoutons la gastrite et la goutte effroyable,
Qu'amènent trop souvent les excès de la table.
Avec prudence usons de tous les aliments,
Des tissus végétaux, des muscles succulents.
Du Moka la saveur, la divine ambroisie,
Le cacao versé par une main jolie,
Le suc élaboré chez le distillateur,
Ne doivent qu'à propos épancher le bonheur.
Peu de cidre pesant, peu de bière glaçante
Dont la pâle vertu nous semble engourdissante.
Loin de nous cette faim que montrent les Anglais
Pour le genre animal qu'ils mangent à l'excès.
Oui, ce goût dangereux qu'a flétri Pythagore
Doit enfin amener la fâcheuse pléthore.
Ne soyons donc jamais dominés par la faim,
Les appétits gloutons, dans un joyeux festin.
Sachons jouir longtemps du plaisir ineffable,
De ce parfait bonheur que vont semer à table
Les bons mets, les bons vins, les suaves liqueurs,
Devant les gais amis, les minois enchanteurs.

Sur l'aimable gazon, sous le riant ombrage,
D'un suave repas recueillons l'avantage.
Ah! que ne puis-je encore, ô ma douce moitié,
En un repas jouir de ta pure amitié!
Que n'y puis-je longtemps, ô noble Caroline,
Savourer le parfum de ton âme divine!

QUATRIÈME CHANT.

Pour flairer nous avons deux antres sinueux;
En noble auvent le nez s'élève devant eux;
Et ce nez protecteur, dont la forme varie,
Nous offre quelquefois la plus noble saillie;
On le prendrait alors pour un bel éteignoir;
Mais dans sa teinte vive, aisément on sait voir
L'éclat resplendissant d'un fanal salutaire
Qui dans un noir càveau jette un reflet prospère.
Ce nez, d'un promontoire emblême radieux;
Ce nez accentué, miroir de nobles feux,

Par sa vive splendeur à jamais rivalise
Avec la belle fraise et l'aimable cerise;
Il nous semble aspirer, en nez ambitieux,
Tous les flots du parfum qui jaillit vers les cieux.
Les émanations, la suave ambroisie
Que nous jette la fleur, la rose si jolie,
Vont au fond des sinus, en un récipient,
Sur des nerfs attentifs promener leur torrent.
Dans un centre nerveux, l'âme a la conscience
Des atomes légers qu'au nez le baume lance.
Quelles impressions l'arome nous produit!
Souvent il nous déplaît, souvent il nous ravit.
L'olfaction parfois à notre âme décèle
Un pouvoir étonnant. Voyez le chien fidèle,
Il reconnaît les pas de son maître chéri;
Il les suit en courant, en volant près de lui.
D'un horizon lointain, plus d'un oiseau de proie
Sent l'émanation qu'un putrilage envoie.
Il s'élance affamé vers le foyer d'horreur
Où l'esprit des combats déploya sa fureur.

L'effluve que reçoit la fibre pituitaire,

Pour le cerveau débile est parfois délétère.

Quel dégoût dans le nez est souvent apporté

Par cet arome empreint de la fétidité!

Oui, le plus beau minois n'a rien qui nous enchante,

Lorsque sa bouche exhale une haleine puante.

Offrons le doux arome à la divinité,

A l'amitié fidèle, à l'aimable beauté.

Quels flots délicieux, quelle pure ambroisie,

Versent le lys altier, la rose épanouie!

Le daphné, le jasmin, le lilas élégant,

Lancent d'un beau calice un parfum ravissant.

Quel délice flatteur, quelle ivresse nous jette

Le doux héliotrope ou l'humble violette!

Une belle affermit son pouvoir éclatant

Lorsqu'elle emprunte aux fleurs un arome attrayant.

Une habile coquette, au sein de l'opulence,

Embaume ses attraits d'une agréable essence;

L'humble fille des champs, la bergère au hameau,

Dans un simple bouquet puise un charme nouveau.

On la voit sur le sein poser la violette.

Sur elle avec douceur plus d'un regard s'arrête.

Combien il est heureux celui dont l'odorat

Perçoit l'arome fin d'un suave tabac!

Son nez, où la vapeur monte en onde chérie,

Nous semble de l'Olympe aspirer l'ambroisie.

Une Diane, au sein d'un effluve enchanteur,

D'un héros couronné sut enflammer l'ardeur.

Du bonheur trop souvent on prend la fausse voie,

En allant demander au tabac trop de joie;

N'allons pas du plaisir faire jaillir le mal,

En lançant le dégoût loin du sinus nasal.

La poudre de Nicot, le tabac qui sait plaire,

Ne doit pas faire éclore à nos yeux un cautère.

Je hais le sombre flot qui du nez irrité,

En fâcheuse roupie est soudain projeté.

Je redoute un zéphir qui d'un nez en patate,

Où va se réfléchir la nuance écarlate,

Nous lance les parfums d'un tabac irritant,

Et vient nous commander soudain l'éternuement.

Un visage à nos yeux doit porter les délices,

Et ne jamais offrir d'égoûts les immondices.

Je m'arrête, en craignant de verser les dégoûts

Et surtout d'allumer du priseur le courroux.

Quels parfums ravissants, à la table splendide,

De nos heureux gourmets flaire le nez avide,

Au milieu des bons vins, des suaves nectars,

Des mets qui vont charmer les palais, les regards!

Combien il est heureux ce mortel dont la vie

Coule dans les bosquets inondés d'ambroisie,

Sous l'ombrage riant enlacé par des fleurs,

Dont une brise au loin fait rouler les odeurs!

Que ne puis-je avec toi, ma bonne Caroline,

Savourer le bonheur, la volupté divine,

Que goûte incessamment le vertueux chrétien,

A l'Eden merveilleux, au céleste jardin!

CINQUIÈME CHANT.

◦⠀ⰉⰍⰁ⠀◦

Le corps est tapissé d'une membrane fine
Où le tissu nerveux projette sa racine.
Il projette surtout d'innombrables faisceaux
Dans les lèvres, les mains, sur les plans génitaux;
La sensibilité de ces lieux lance à l'âme
Du plaisir tous les feux, des voluptés la flamme.
Sous des impressions que fait l'être ambiant,
Peut surgir le bonheur ou le cruel tourment.
Le sol dur, raboteux, où notre pied chemine,
Et l'abord imprévu des ronces, de l'épine,

Du tissu de la peau feront souvent jaillir
Un sentiment qui n'est rien moins que le plaisir.
Sous la toile grossière ou l'étoffe laineuse,
S'écrierait tristement la nymphe gracieuse,
Dont la peau trop sensible appelle un tissu fin,
Digne d'une sylphide où tout semble aérien.
Epargnons moins ces peaux que glace l'atonie,
Où vient se révéler la nature engourdie;
Laissons l'habit rugueux au derme patient
Que l'étrille saurait chatouiller doucement.
O vous, dont la langueur est le triste apanage,
Réveillez le toucher par un fréquent massage.
Le derme vient soudain formuler au penser
Les rayons que sur nous la chaleur va lancer;
Il montre les degrés de la température,
Que versent les saisons au sein de la nature;
Il pâlit en souffrant devant tous les frimas,
Au milieu de la neige et du triste verglas.
De la rose il revêt la riante nuance,
Lorsque sur lui des cieux l'ardent reflet s'élance.

13

On reçoit du plaisir la douce émotion,

En percevant du jour le tiède et beau rayon.

Heureux l'homme qui sent la brise tempérante

Quand l'affreuse chaleur le brise, le tourmente!

Lorsque l'astre des cieux, en nous paralysant,

Fait tomber sur nos fronts le feu le plus ardent,

Oui, lorsque de l'été la chaleur nous accable,

Ah! combien la fraîcheur de nos bains est aimable!

Ah! combien il est doux d'aller plonger alors

En des flots purs et froids la surface du corps!

'Honneur à toi, Béjin, lorsque.dans la Moselle,

Au milieu de l'hiver, la science t'appelle!

Quand tu vas observer l'effet d'un bain glaçant

En bravant les dangers, le trépas menaçant.

Quand des sensations le besoin vous engage,

Allez du Finlandais interroger l'usage;

Au sortir du bain chaud roulez-vous brusquement

Dans la neige où le cœur réagit puissamment;

Si vous voulez le calme, une fraîcheur plus belle,

Aux bains orientaux allez, tout vous appelle.

Là, sous les flots pompeux d'un arome enchanteur,

S'immerge doucement le corps de l'amateur.

Au gré de l'amitié, de l'amour le plus tendre,

Le feu le plus suave en nous va se répandre

Sous les impressions d'un contact chaleureux,

Où d'un sentiment pur se traduisent les feux.

Quel délice, en effet, la touchante caresse,

Une étreinte amoureuse au fond de nos cœurs laisse!

Le serrement de main, la moindre pression,

Va jeter dans les cœurs la douce émotion;

Quel suave plaisir on voit soudain éclore

Au simple frôlement de l'objet qu'on adore!

Puissé-je, ô Caroline! un jour serrer la main

Où la tendre amitié jetait son feu divin!

Puissé-je de ton âme où brillait la sagesse,

Recueillir les doux feux, la touchante caresse!

Quels sentiments divers nous voyons promener,

En chaque région, sur les nerfs cutanés!

Voyez l'effet causé par une main badine

Dont la plume soudain caresse la narine.

Quels troubles variés nés du chatouillement
Qui vient nous apporter le rire et le tourment!
Dans les impressions qu'en notre âme il excite,
De sentiments divers il montre la limite.

SUR L'AMBITION,

POÈME.

De mes faibles talents anoblis les essais,

Etude, je dirai la cause, les effets

De cette ambition dont le brillant mirage

Sur nos pas trop souvent fait éclore l'orage.

Devant nous le pouvoir a su dans tous les temps

Déployer son éclat, ses charmes ravissants.

On voit le rang flatteur qu'entourent les hommages,

Et d'où vont découler les plus doux avantages.

De son joug tyrannique imposer le fardeau,

Est pour l'homme orgueilleux le rôle le plus beau;

Voilà le seul bonheur auquel son âme aspire;

Il le voit nuit et jour; en son brûlant délire,

Il rêve l'élément des hommages flatteurs,

L'or, l'intrigue, les faits qui mènent aux honneurs;

Il voit un avenir où l'humble front s'incline
Devant la volonté qui sans nul frein domine.
On peut voir découler d'un cœur ambitieux
Les bienfaits éclatants, les biens les plus heureux.
Chassant le vain repos qu'amène l'apathie,
Repoussant tous les jeux, les roses de la vie,
L'adroite ambition consacre ses moments
A l'étude profonde, aux plus nobles talents;
On la voit revêtir d'une âme généreuse,
D'un magnanime cœur la splendeur radieuse,
Epancher des vertus le bienfait enchanteur,
Recueillir les succès, les palmes de l'honneur.
Sa popularité de la philanthropie
Vient emprunter l'éclat, la suave magie.
Mais quels horribles traits la sombre ambition
Fait voler trop souvent dans son vaste horizon !
Le plus léger grief masquant la jalousie
D'un orgueil arrogant, soulève la furie
De deux peuples rivaux, de peuples dont les bras
Dans un carnage affreux promènent le trépas.

Le prestige brillant et la soif de la gloire
Enflamment la valeur, enchaînent la victoire;
De la religion et de l'humanité
La voix s'évanouit devant la cruauté.
Le sang coule à grands flots, et l'horrible incendie
Au milieu de ses feux éteint ceux de la vie.
Que d'états ravagés et détruits pour jamais,
Que de villes en cendre et de sanglants méfaits
Du cœur ambitieux accusent la furie!
En voilant sa hideur, souvent l'hypocrisie
Vint fasciner les yeux, draper l'ambition
Du manteau séduisant de la religion;
Le fanatisme alors fit éclore l'orage,
Alluma ses bûchers, enfanta le carnage.
Loin de nous le tyran dont le cœur furieux
Vient de l'ambition faire éclater les feux;
Oubliant son devoir, la nation entière
Qui ne doit voir en lui que son généreux père,
Il n'entend que la voix d'un orgueil indompté,
Il rêve les combats, l'honneur ensanglanté,

La ruine, la mort, le hideux esclavage;

Il se rit de l'horreur que Bellone propage;

Rien ne peut l'arrêter; son délire effrayant

L'entraîne malgré lui comme un fougueux torrent.

La noble ambition d'un prince tutélaire

Fait toujours découler le bonheur populaire;

Des Numa, des Titus écoutant la raison,

Il sait vivre à jamais tout pour la nation.

Il saura de la paix verser le pur délice,

Animer tous les arts, l'étude si propice;

Des sages libertés, les bienfaits éclatants

Réveillent à sa voix les vertus, les talents.

Le bonheur général, bonheur si désirable,

Résumera les faits de son règne adorable.

Ce règne est le miroir de ces flots précieux

Qu'un fleuve bienfaisant vient rouler à nos yeux

En répandant au loin sa féconde influence,

En versant le bien-être, une heureuse abondance.

Un amour glorieux, l'amour d'un peuple entier

Vaut mieux qu'un vain renom, vaut mieux qu'un vain laurier

En échos ravissants et d'amour et d'estime
Doit retentir le nom de ce prince qu'anime
Le plus beau dévoûement; l'éclat de ses bienfaits
Dans la postérité doit jaillir à jamais.
Sous un règne enchanteur, au gré d'un esprit sage,
Il saura de la paix enchaîner l'avantage.
Souvent chez le mortel qui voit toujours le sort
Pour lui de la richesse épancher le trésor,
Des honneurs, du pouvoir la soif inextinguible
Vient porter son ardeur, une flamme terrible;
Un souci fatigant vient troubler jour et nuit
Du riche ambitieux et le cœur et l'esprit;
Au seul nom de la gloire il s'émeut, il s'agite
Et voit d'un œil jaloux d'un rival le mérite;
Pour atteindre le but de son brûlant désir
Il sacrifierait tout, repos, santé, plaisir.
Il appelle à son aide et son or et l'intrigue,
La popularité jamais ne le fatigue.
Ce qui vient l'arrêter loin de ce tourbillon
Où le lance toujours l'aveugle ambition,

Ne présente à ses yeux qu'une chaîne importune,

Et son cœur ne voit plus de charme en la fortune

S'il n'y voit l'élément du pouvoir, des honneurs

Que viennent parfumer des songes trop flatteurs.

Aux attraits du plaisir, au charme irrésistible

Des belles, des amours, son âme est insensible;

Des cieux l'éclat brillant, les fleurs et les bosquets

Devant son regard sombre ont perdu leurs attraits;

Son visage amaigri dont tout l'éclat s'efface,

D'un poison dangereux vient accuser la trace;

L'homme qui vient chercher un éclat trop brillant,

D'un ver cruel, rongeur, semble être l'aliment.

Il rappelle à nos yeux le sort de Prométhée

Qui par l'éclat du ciel vit son âme tentée.

L'homme dont l'opulence habite le manoir

Peut sur lui du bonheur voir les roses pleuvoir;

De la tendre amitié qu'il brigue l'avantage,

Qu'il goûte le plaisir, le charme du voyage;

Au foyer conjugal les doux soins, les doux nœuds

Pour lui feront couler des jours délicieux.

L'étude, les beaux arts, les lettres, la science,
Lui porteront leurs fruits avec la jouissance.
Au milieu des vertus, source des beaux élans,
Le riche doit trouver des charmes ravissants;
Oui, qu'il suive les lois de la philanthropie,
Le bonheur à jamais viendra charmer sa vie.
La fortune qui va chasser la pauvreté
Aux yeux de l'infortune est la divinité.
En signalant partout sa noble bienfaisance,
La fortune verra de la reconnaissance,
De l'admiration; les suffrages flatteurs,
En proclamant ses droits, la porter aux honneurs,
Et de l'ambition, sans peine, sans alarme,
Le riche bienfaiteur saura goûter le charme.
O toi, sexe charmant, qui dois régner sur nous,
Sache étendre à jamais l'empire le plus doux;
Faire éclore les feux de la plus tendre flamme,
Voilà l'ambition qui doit régir ton âme.
Les plus brillants attraits, l'esprit et la beauté
Affermissent tes droits, ta souveraineté.

Au gré d'un vain désir, de sombres passions,

Si tu veux rechercher de ces émotions

Que nous apporte un rêve, une folle chimère,

Bientôt sur le chemin de l'erreur mensongère

Tu verras loin de toi s'envoler la fraîcheur,

Les grâces, le pouvoir de ta riante humeur;

Ta sensibilité, loin de la sympathie

Ne pourra s'exhaler qu'en triste jalousie;

Tu perdras la couronne, et pour toi du bonheur,

Du séduisant plaisir, se ternira la fleur.

Oui, qu'on le sache bien, l'ambition entraîne

Toujours l'indifférence, et trop souvent la haine

De la société dont à jamais les yeux

Voient l'orgueil, l'égoïsme, au cœur ambitieux;

Et le pouvoir déchu trop souvent ne s'attire

Qu'une juste froideur, un dédaigneux sourire.

Que ton ambition jetait de nobles feux,

Caroline, où vibrait un cœur si généreux!

Admirable moitié, toi, dont l'âme sublime

A séché tant de pleurs dans une classe infime,

Toi, dont le cœur si pur rêvait seul mon bonheur,

Et venait sur mes pas épancher mainte fleur.

Entre le ciel et nous tu posais la prière;

Elle était pour nos cœurs l'arc-en-ciel salutaire.

Dans le sombre horizon qu'attristait la douleur,

Ton charme apparaissait en astre de bonheur;

Tu vins dans ce vallon, théâtre des alarmes,

En doux saule pleureur te pencher sur nos larmes.

Artisan, que le sort mit dans un rang trop bas,

Pour toi l'ambition sans doute a mille appâts;

Tu vois planer sur toi l'horreur de l'indigence,

Le regard dédaigneux d'une vaine arrogance.

Oui, ton cœur doit rêver des jours moins assombris,

Pour toi, pour ta moitié, pour tes enfants chéris.

Lorsque l'ambition loin du malheur t'appelle,

A sa voix qui te charme à l'instant sois fidèle;

D'une vaine apathie où nul beau fruit ne sort,

D'une torpeur stérile, image de la mort,

Sors et viens recueillir maint bienfait salutaire,

D'honorables vertus, du talent si prospère.

Pour verser le bonheur en ta profession,

Demande à la science un modeste rayon

Qui doit s'approprier à ton humble industrie,

Et lui donner enfin plus d'éclat, plus de vie;

Ainsi la fleur des champs, en des flots lumineux,

Recueille le rayon brillant et précieux

Qui doit s'harmoniser avec le beau calice,

Le pétale charmant, des regards le délice.

Enfin, si la fortune à tes efforts sourit

En répandant sur toi du labeur le doux fruit,

Si le bonheur chez toi vient loin de l'opulence

Epancher ses bienfaits, écoute la prudence,

Crains de l'ambition le rêve insidieux,

D'Icare le malheur doit s'offrir à tes yeux.

Si tu veux parcourir une sphère inconnue,

La trace du bonheur pour toi sera perdue;

La route qui s'entr'ouvre à ton œil enchanté,

Peut conduire à l'abîme, à l'immortalité;

Tu perdrais le bonheur, la pure jouissance,

Que des vertus l'amour à tous les cœurs dispense.

Combien j'aime l'enfant qui, d'un laurier flatteur,
D'une simple couronne, attend le vrai bonheur!

O toi, brillant laurier, suave récompense,
Toi, dont l'éclat traduit le charme de l'honneur,
Viens couronner enfin la jeune intelligence,
Le mérite naissant et la plus belle ardeur.
Au labeur importun, au souci de l'étude,
Enfin doit succéder le rameau consolant;
Tel, après les ennuis de l'hiver le plus rude,
S'élève en nos bosquets un ombrage charmant.
Que j'aime à contempler sous ta feuille divine,
Sous ton rameau splendide, un jeune lauréat!
Dans un bel arbrisseau qui s'élève, domine,
Se mirent ses attraits, son rayonnant éclat.
Je vois sous la clarté de lumières brillantes,
En lui se déployer un esprit gracieux;
Je vois du haut penser jaillir des fleurs charmantes,
Et partout resplendir des fruits délicieux.

14

En féconde rosée, en bienfaisante pluie,
Nos yeux, dans le lointain, voient tomber largement
Les titres, les honneurs, la fortune chérie,
Sur la tête que ceint ton rameau séduisant.
Puisse à jamais, laurier, puisse l'affreux orage,
Qu'un rêve ambitieux enfante avec fracas,
Loin de ton gai rameau, de ton paisible ombrage,
Porter ses feux brûlants, ses terribles éclats !
A ce laurier fameux, ce laurier que Bellone
Dans l'horreur des combats toujours ensanglanta,
Combien je te préfère, ô modeste couronne,
O toi, qu'au vrai talent la gloire décerna !
A nos yeux il ternit l'éclat de l'auréole,
Dans la vapeur du sang, dans l'ombre du trépas ;
Mais toi, divin laurier, toi, laurier de l'école,
A l'éclair du penser tu dois tes doux appas !
En cercle replié ton rameau salutaire,
Emblême où nos yeux voient rouler l'éternité,
Doit préserver l'honneur d'un éclat éphémère,
En lui parlant toujours de l'immortalité.

Ta verdure éternelle où se peint la constance,

A jamais semble dire au jeune lauréat:

A l'instar du laurier la noble intelligence,

Constamment doit jeter un gracieux éclat.

Sois le premier anneau de la chaîne sublime

Qui doit fixer un jour les suffrages, l'estime.

Puisse en toi l'enfant voir la branche de salut!

Pour le jeune talent deviens le premier but.

NOUVELLES.

ARBEL,

–◦❦◦–

Dans un hameau charmant, au sein de la Touraine,
De parents sans fortune Arbel reçut le jour;
Au milieu des soucis que le besoin amène,
Il vit sur lui pleuvoir tous les soins de l'amour.
Son père généreux, devant le sacrifice,
Les pénibles labeurs, ne recula jamais;
Sur un fils adoré qui faisait son délice,
De l'étude il sema tous les nobles bienfaits.
Dans ce lieu qui d'Arbel vit préluder la vie,
Des hommes fortunés l'or coulait noblement;
Au gré d'un beau désir, de la philanthropie,
Il fit sous l'humble toit verser l'enseignement.

Ces mortels généreux savaient que des lumières

Le suave rayon, la divine clarté,

Projetant le savoir, les vertus si prospères,

Fait jaillir le bonheur de la société.

D'une étude incessante Arbel vit la culture

Longtemps élaborer son esprit et son cœur;

De son père il payait l'amitié vive et pure,

En faisant éclater son zèle, son ardeur;

Mais la nature avait de son intelligence

Limité les élans, rétréci l'horizon;

Par l'éclat du génie et la haute science,

En vain il essayait d'embellir sa raison.

De l'orgueil cependant l'audacieux délire,

Dans son cœur égaré porte l'ambition,

Arbel en sa folie au noble titre aspire,

Avec dédain il voit le rang de sa maison.

Sans doute il ignorait qu'un état fort prospère

Brille sous l'humble toit comme dans les palais,

Et que de l'art obscur l'habile prolétaire

Peut faire encor jaillir d'agréables reflets.

Le plus noble des arts, cet art dont la lumière
Jette un si bel éclat, répand tant de bienfaits,
L'art médical sourit à l'œil du téméraire;
Il veut en dévoiler les merveilleux secrets;
Mais des meilleurs parents la trop modeste aisance,
Les épines surtout d'un aride chemin,
Viennent désenchanter la faible intelligence
D'Arbel, que réclamait un plus humble destin.
La science des lois, au malheureux jeune homme,
Venant à dérouler un sentier ténébreux
Qu'attristent les dégoûts, le rebute, le somme
D'aller encore ailleurs chercher un sort heureux.
Dans un plus humble accès, de la bureaucratie
Il se croit obligé d'essayer le chemin;
Il fait mainte démarche, il demande, il supplie,
On promet, on le berne, et l'on n'accorde rien.
Enfin Arbel revoit l'ami de son enfance,
Un jeune fabricant de suave liqueur,
Un ami qui soudain le prie avec instance
De lui prêter dès lors ses talents, son labeur.

Abreuvé des dégoûts qu'un registre insipide,
En fatigant les yeux, vient porter dans le cœur,
Du secrétariat Arbel, d'un pas rapide,
Arrive aux fonctions de commis voyageur.
Prenant un bel essor, il va dans les guinguettes,
En de riants cafés, présenter sa liqueur;
Il vient y coudoyer les gentilles grisettes,
Respirer le fumet de maint joyeux buveur;
Loin de lui vont s'enfuir les doux fruits de l'étude,
Les talents, les vertus, dont le charme est divin;
Il voit s'évanouir la sombre inquiétude,
Au sein de la gaîté, dans les vapeurs du vin.
Le plaisir est fragile; une faillite immense
Du jeune commerçant, du bienfaisant ami,
Engloutit la fortune; alors sans espérance,
Arbel voit le bonheur s'envoler loin de lui.
Oui, sous le coup affreux son âme est déchirée;
Il accuse le ciel, il maudit son destin;
Traversant tout à coup sa raison égarée,
Un espoir enchanteur vient calmer son chagrin;

Des monstres qu'ont séduits un intérêt sordide,

Des hommes étrangers au noble sentiment,

Mais qui savent briller par une âme intrépide,

Pour la traite des noirs partent dans ce moment.

Arbel sait convertir un modeste salaire

En humble pacotille; avec ces vils marchands

Il sait braver les flots; ce jeune téméraire

Du rivage africain voit les sables brûlants.

Au Bénin l'on achète une foule d'esclaves,

Des nègres arrachés à leurs affections;

On les traîne chargés de cruelles entraves

En de sombres réduits, en d'affreuses prisons;

Et pour les vendre on flotte, on vole sur les ondes,

L'Amérique est le but que rêve le marin;

Mais lorsqu'il vogue auprès des savanes fécondes,

Un vent des plus fougueux souffle, mugit soudain;

Jusqu'en ses fondements la mer est ébranlée,

En montagnes les flots s'élancent vers les cieux,

Le bâtiment lancé vers une île isolée,

Se brise tout à coup sur des rochers affreux.

Arbel est dans les flots; une vague prospère
Sur la plage voisine à l'instant l'a jeté;
A lui-même il revient; d'un pas timide il erre,
Interroge les lieux de son œil attristé;
Devant lui se présente un groupe de corsaires,
Dont la mine trahit le métier dégoûtant;
Son malheur vient changer leurs féroces manières,
Et sur lui tombe enfin le regard bienveillant;
Il ose s'enrôler dans leur bande assassine,
Partager leurs dangers, leur infâme butin;
Il amasse de l'or, mais son âme chagrine
Rêve au sol de la France, au plus riant lointain.
Dans un vaste horizon, à travers le nuage,
D'un môle il voit vers lui flotter un bâtiment;
Il vole à son trésor, puis revient à la plage,
Et son signal amène un marin bienfaisant.
Transporté de bonheur, à la barque il s'élance,
Le nocher le conduit sur un vaisseau français;
Après des jours bien longs, Arbel revoit la France,
Objet de son amour, des plus tristes regrets.

Lorsque de sa patrie il foule le rivage,

Le voile ténébreux de la nuit s'abaissait.

Arbel, cherchant l'hôtel qui non loin de la plage

Pût l'abriter enfin, dans l'ombre cheminait;

Deux voleurs vont saisir une cassette chère,

Le fruit du brigandage, un trésor infamant.

Sur leurs pas il s'élance en vain dans sa colère;

Dans l'ombre tout s'enfuit, et fortune et voleur;

Arbel, privé d'argent, mais riche d'espérance,

Dans les rangs du soldat se pose fièrement;

Des combats glorieux révèlent sa vaillance

Et proclament ses droits au noble avancement;

Mais un fâcheux duel, où de son capitaine

Son bras audacieux a fait couler le sang,

Devant l'affreux tableau d'une infamante peine,

L'oblige à déserter sa bannière, son rang.

En fuyant il rencontre un moine tutélaire

Qui, touché de ses maux, l'introduit au couvent;

Dans ce lieu vénérable il voit d'un œil sévère,

De son cœur égaré le funeste penchant;

Une étude constante, une divine sève,

Nourrissent noblement son esprit et son cœur;

Un savoir estimable après trois ans l'élève,

Chez un noble voisin, au rang d'instituteur.

De la religion la voix délicieuse,

Au cœur léger d'Arbel jette en vain ses accents;

Dans le brillant manoir, une intrigue amoureuse

Lui porte enfin l'oubli des remords, des serments.

Il est soudain banni loin d'une maison fière,

Où ses jours doucement ne pouvaient s'écouler;

Oubliant son amante, il songe à son vieux père;

Pour le voir, l'embrasser, il veut enfin voler.

Arbel, sans nuls regrets, abandonnait la vie

Que menait humblement le pauvre instituteur;

Il y voyait planer l'affreuse tyrannie,

Le caprice léger, le dédain, la froideur;

Son esprit ne rêvait que la belle opulence,

Les titres, les honneurs, surtout la liberté;

Ces pensers absorbaient sa vaine intelligence,

Lorsque par trois brigands il se vit arrêté.

Sous l'ombrage d'un bois, au fond de leur repaire,

D'une affreuse caverne, ils l'emmènent soudain;

Des féroces bandits captivant l'œil sévère;

Arbel enfin leur plaît, partage leur butin;

Il s'indigne comme eux en voyant l'opulence

Sur quelques insolents étendre ses bienfaits;

Il voit avec horreur la fatale indigence,

A tant de malheureux lancer de cruels traits.

Dans son affreux délire, au vol il s'encourage,

Il voit avec plaisir détrousser le passant;

Mais après quelques jours, son œil vit au pillage

Succéder les combats et le meurtre sanglant.

Enfin, saisi d'horreur, loin de l'affreux repaire,

Loin d'atroces brigands, d'un pas rapide il fuit.

Revenant au projet qu'il a formé naguère,

Il marche vers ces lieux dont l'aspect lui sourit;

Au sein d'illusions que son âme riante

Vient offrir largement à son œil enchanté,

Il voit dans son pays l'amitié bienveillante

Lui porter les honneurs et la prospérité.

Avec quels doux transports il marche vers son père,

Dont l'amour a sur lui versé tant de bienfaits!

Quand pourrai-je, dit-il, en charmer la carrière,

Sur ses pas enchaîner le bonheur à jamais!

Il le revoit enfin, ce bon, ce tendre père,

Qui dès longtemps pleurait d'un fils l'égarement,

Il le voit savourer, dans un état prospère,

Les suaves bienfaits de son labeur constant.

Ce vieillard généreux captant la bienveillance,

Enchaînant les respects, le suffrage flatteur,

Voyait chez lui tomber une heureuse abondance;

Un fils trop chéri seul manquait à ce bonheur.

Après un vrai délice, une scène touchante,

Arbel revient à lui, verse un torrent de pleurs,

Il voit d'un long passé la carrière effrayante,

Des abîmes qu'il fuit il a vu les horreurs;

Exhalant en sanglots un repentir sincère,

Abhorrant de son cœur l'égarement affreux,

Il veut au bon vieillard, à son vertueux père,

Consacrer des vertus, un zèle généreux.

Saisissant le rabot, enfin nouvel Emile,
Il sait cultiver l'art où son père brillait;
Dans un humble chemin d'un talent plus fertile,
Il reçoit la lueur, le précieux bienfait;
En poursuivant le cours d'un succès estimable,
Sous le toit paternel il goûte le bonheur;
Un hymen consolant, une femme admirable,
Chez lui toujours versa le délice enchanteur.
Dès longtemps ce jeune homme avait dans l'amnistie,
De la sécurité puisé la garantie.

ZAMORIN.

A l'âge de vingt ans, Zamorin dont l'étude
Avait formé le cœur, anobli la raison,
Etendait ses regards empreints d'inquiétude
Vers un sombre avenir, vers un triste horizon;
Ses parents, dont les soins toujours l'environnèrent,
Pour tous biens en mourant, hélas! ne lui laissèrent
Qu'une vertu sublime, un mérite éclatant.
Dans un riant château, sur les bords de l'Isère,
Zamorin fut chargé d'instruire un jeune enfant,
Le dernier rejeton du marquis de Villère
Dont l'orgueil égalait le faste éblouissant.

Zamorin déploya l'éclat de la science,

Fit briller ses vertus, sa généreuse ardeur.

Il eut bientôt conquis la juste bienveillance,

L'amitié que l'on doit au noble instituteur.

Ces vertus, ces talents qu'il puisa chez son père,

Cet honneur, attribut de parents vertueux,

Il les fit découler d'une voix tutélaire

Au sein d'un jeune esprit docile, studieux.

Guidé par la raison du plus tendre des pères,

Zamorin dès l'enfance avait dans son ardeur

Percé la nuit des temps et les profonds mystères

De la vaste science, élément de bonheur.

Pour délasser enfin sa noble intelligence,

Aux plaisirs du château Zamorin se livrait;

A la pêche, à la course, à la chasse, à la danse,

Au sein de tous les jeux, son ardeur éclatait.

D'un beau cheval domptant la fougue impétueuse

Il savait déployer la grâce, la vigueur;

En nageant ou guidant la barque aventureuse,

Des plus rapides flots il bravait la fureur.

De Villère devait à son hymen propice
La charmante Nysa, qui de tendres parents
Savait faire à jamais l'orgueil et le délice;
Ses beaux yeux avaient vu briller quinze printemps.

Tout le monde enchanté voyait surgir en elle
L'éclat le plus riant, mille charmes parfaits,
L'esprit et la beauté, la vertu la plus belle;
Oui, Nysa résumait d'un ange les attraits.

Un jour, dans un canot dont Zamorin est guide,
Elle vogue, livrée à son riant penser;
Tout à coup la raffale a d'une aile perfide
Heurté la frêle barque et su la renverser.

A l'instant Zamorin va soulever la belle;
Sur la rive bientôt le couple vient surgir.
D'un service éclatant, d'un cœur brûlant de zèle,
La sylphide à jamais garda le souvenir.

Au matin des beaux jours, quand le rayon solaire
Mollement caressait de la rose le sein,
Zamorin vigilant, sous l'ombrage prospère,
Allait chercher les fleurs qu'embellit le matin;

Il venait de Linnée, au sein de la verdure,
Dans l'esprit de l'élève épancher le talent;
Il déroulait pour lui de la belle nature
Le sublime concert, le spectacle imposant.

Nysa, que dominait le goût de la science,
A ces nobles plaisirs parfois s'associait;
En habits, où toujours éclatait l'élégance,
Vers l'asile des fleurs elle s'acheminait.

Sous les brillants reflets de la riante aurore,
De la rose elle offrait les séduisants attraits;
On l'eût prise autrefois pour la charmante Flore
Allant dans la campagne étendre ses bienfaits.

Le groupe matinal, ami de la nature,
Herborisait le long d'un bois silencieux :
Deux hommes inconnus, à sinistre figure,
Le poignard à la main, s'élancent à ses yeux.

Zamorin, qu'enflammait un généreux courage,
A l'instant fait jouer un énorme bâton,
Renverse un des brigands; soudain l'autre avec rage
Au loin s'enfuit brisé par la contusion.

Notre belle saisie, à l'instar de son frère,

N'avait su qu'opposer, au danger menaçant,

Sa frayeur et sa voix, dont l'écho tutélaire

Avait en longs éclats redit le triste accent;

A ces bruits entendus dans tout le voisinage,

Du château l'on accourt tout palpitant d'émoi;

De la belle Nysa, le pâlissant visage

Et l'extrême langueur avaient trahi l'effroi;

On l'emmène soudain au manoir de son père,

Et c'est là qu'on apprend l'événement affreux.

Aucun regard ne put, de l'horrible mystère,

Percer dans ce moment le voile ténébreux.

De l'amour paternel éclate la tendresse;

De Villère offre un don au brave Zamorin;

Le jeune bienfaiteur, qu'anime la noblesse,

Refuse un or qui sait embellir le destin;

Il veut garder ses droits à la reconnaissance,

Et ne pas voir pâlir l'éclat de cet honneur

Que sur lui répandait à jamais la vaillance;

L'estime de Nysa faisait tout son bonheur.

D'un emploi lucratif, d'une place honorable,

Il osa refuser le don fort séduisant,

Alléguant le besoin que son élève aimable

Aurait longtemps encor d'un mentor bienveillant.

Un intérêt secret lui dictant ce langage,

Il vint chercher l'appui d'un mensonge flatteur;

L'amour faisait peser le joug de l'esclavage

Devant les mille attraits d'un objet enchanteur.

Zamorin, pour Nysa, de l'ardeur la plus tendre

Brûlait depuis longtemps, mais il voilait ses feux;

Il ne pouvait la voir, il ne pouvait l'entendre,

Sans goûter un plaisir exquis, délicieux.

A la main de Nysa, cette femme adorable,

L'orgueil de la famille, il ne prétendait pas;

Il voyait que le sort cruel, inexorable,

L'enchaînait à jamais dans les rangs les plus bas.

Savourer le parfum de ce charme ineffable

Que Nysa ravissante à jamais déployait,

Contempler ses vertus, son regard favorable,

Etait pour Zamorin le suprême bienfait.

Le souris, le regard, où d'une âme anoblie
Venait se réfléter l'aimable sentiment,
La beauté, la douceur, la pure modestie,
Faisaient couler en lui l'heureux enivrement.
Zamorin du bonheur semblait cueillir la rose,
Ses jours près de Nysa coulaient avec douceur,
Lorsque le sort jaloux tout à coup se dispose
A bannir le repos, l'ivresse de son cœur.
Nysa, par ses attraits, séduisant tout le monde,
De tous les jeunes cœurs sut captiver l'amour;
A cette noble belle, en rigueur trop féconde,
Tous vinrent à l'envi faire une juste cour.
Ces jeunes gens heureux qui voyaient l'opulence,
Au milieu des plaisirs, leur jeter ses bienfaits,
Réfléchissaient l'éclat d'une haute naissance,
Et savaient déployer les plus riants attraits.
Le pauvre Zamorin, dans sa douleur extrême,
Voit ses traits effacés dans l'esprit de Nysa,
Il voit déjà ravi le seul objet qu'il aime;
Ah! vers lui son penser toujours s'élancera.

De Villère, enchanté de nobles avantages
Qui flattent son orgueil, accueille de beaux feux;
Félicitant l'objet de glorieux hommages,
Il l'invite à choisir parmi les amoureux.
Nysa dit qu'abjurant une pesante chaîne,
Son cœur doit à jamais fuir le joug de l'hymen,
Que vers le célibat un doux charme l'entraîne,
En montrant à ses yeux le plus riant lointain.
Nysa n'avait pu voir avec indifférence
L'éclat de Zamorin, son esprit, son talent,
Sa beauté gracieuse et sa noble vaillance,
Les brillantes vertus qu'il déploya souvent;
En des regards empreints de la mélancolie,
Ses yeux reconnaissaient la tendre passion
Qui faisait le bonheur, le charme de sa vie;
Oui, deux cœurs enflammés vibraient à l'unisson.
De Villère, que blesse un refus si contraire,
Pense qu'un vif amour a dominé Nysa,
Des yeux il interroge une fille bien chère,
Une lumière enfin tristement l'éclaira;

Voilant de son orgueil la blessure cuisante,

L'œil calme, à Zamorin il donne le congé.

Ce jeune homme, où domine une peine accablante,

Dans un abîme affreux alors se voit plongé.

Dans la pure morale, en cette lueur sage

Que l'étude versait dans sa noble raison,

Zamorin vint enfin retremper son courage;

Il vit se déployer un plus bel horizon.

Soudain il va chercher dans l'état militaire

La fortune, la gloire et du rang la splendeur;

Il demande aux combats, loin d'une femme chère,

Au sein du noir chagrin, de l'oubli la faveur.

Sur Zamorin bientôt la valeur la plus belle,

L'esprit, le beau talent, vont poser la splendeur;

Des grades promptement il sait gravir l'échelle,

Il marche avec fierté sous le ruban d'honneur.

Après d'affreux combats, où, d'un bouillant courage,

D'un génie éminent, le beau feu se montra,

Appelé par la gloire et le noble suffrage,

Au rang de général enfin il arriva.

A de nombreux projets, la fortune propice

Etendit son éclat, son immense faveur

Sur Zamorin qui sut, palpitant de justice,

Ne s'écarter jamais du sentier de l'honneur.

Au sein du plus beau rang, au sein de l'opulence,

Il rêve le bonheur, il rêve sa Nysa.

Découlant en son âme, une heureuse espérance

Des songes les plus beaux doucement le berça;

Dans les enivrements d'un rêve tutélaire,

Il apprend qu'un malheur vient d'engloutir soudain

La fortune et l'espoir de ce fier de Villère

Qui voulut l'accabler d'un si cruel dédain.

Il apprend qu'au tombeau cet homme altier repose.

Voyant de sa Nysa l'horrible dénuement,

Soudain il vole auprès de cette noble rose

Dont il connaît enfin l'amour tendre et constant.

Il achète les biens qu'avait eus de Villère,

Pour en faire l'offrande à la tendre Nysa;

Oui, le riant château, la plus aimable terre,

Pour la plus noble fleur longtemps encor brilla.

Bientôt l'heureux hymen qu'une tendre harmonie,

Un lien sympathique, embellit constamment,

Aux amants vint porter la divine ambroisie

De la félicité, d'un charme ravissant.

DUNANT.

Orphelin à quinze ans, Dunant versait des larmes
En songeant à l'amour de parents vertueux;
Toujours il les voyait ces constantes alarmes,
La tendre émotion de leur cœur généreux.
Lorsque l'on sait aimer, non, rien ne peut distraire
Des plus sombres tableaux, de ce vide accablant
Que laisse le trépas d'une sensible mère,
D'un père qui veillait sur nous incessamment.
Dunant, seul héritier d'une fortune immense
Qui devait protéger ses besoins et ses droits,
Dunant pouvait trouver au sein de l'opulence,
A son cruel chagrin un banal contrepoids;

Mais tous les cœurs bien nés s'éloignant d'un vain monde,
Ailleurs savent chercher la source du plaisir;
Dans le sein de l'étude, en délices féconde,
Dunant voulait charmer, anoblir son loisir;
Son regard parcourut le chemin des sciences
Qui sèment la vertu, répandent le bonheur;
Dans l'étude il puisa des notions immenses
Qui portent dans les arts la plus belle clarté;
Dans la religion, la morale touchante,
Il arrêtait souvent un regard enchanté;
Il en voyait jaillir une source constante
De l'ordre qui préside à la société;
Au milieu des honneurs, au sein de l'opulence,
Il voyait consacré des talents le besoin,
Et voulait s'imposer l'étude qui dispense
De l'esprit et du cœur le charme souverain.
A ses yeux la fortune, élément salutaire,
Oui, devait se résoudre en bienfaits éclatants;
Appuyant d'un grand cœur le zèle tutélaire,
Au pauvre elle devait ses trésors consolants.

Pour agrandir encor de sa philanthropie,

De son œil bienveillant, de son cœur l'horizon,

S'armer contre les maux, la fortune ennemie,

Dunant voulut avoir une profession.

Cet art noble, sublime, éclatant de lumière,

D'un savoir à jamais propice à la douleur,

Oui, l'art qui sur les maux verse un baume prospère,

Du généreux Dunant vint exciter l'ardeur.

Il sut approfondir l'art de la médecine :

Dans ses brillants reflets, dans ses rameaux nombreux,

Sa pensée à travers les organes chemine;

Sur la vie il promène un regard curieux;

Dans tous les éléments, dans la nature entière,

Cherchant de beaux rayons, un sublime butin,

Il éclaira ses pas d'une vive lumière,

Il acquit le talent d'un brillant médecin.

Fier d'un noble savoir, à sa plus belle terre

Dunant revint chercher le repos enchanteur;

Il y venait goûter le charme salutaire

D'un loisir qu'appela le fatigant labeur.

16

Avec quels doux transports il revit ces ombrages,
Ces bosquets gracieux, témoins des premiers ans;
Il y voyait surtout les touchantes images
De ses premiers amis, de ses tendres parents.
Son âme, plus sensible alors, de la nature,
D'un spectacle suave admirait les attraits;
Les arbres élégants, les fleurs et la verdure,
Lui semblaient projeter de plus brillants reflets;
Mais d'un charme plus doux, en cette solitude,
Oui, son cœur assiégé par un vague désir,
A reconnu l'absence; avec sollicitude
Il rêve un amour pur qui charme l'avenir;
Il voudrait posséder l'objet, le tendre cœur,
Qui tous les jours viendrait l'enivrer de bonheur.
Au tourbillon du monde, à son art tutélaire,
Dunant vient demander des plaisirs différents;
Du bonheur mensonger la brillante atmosphère
Vient bientôt du jeune homme électriser les sens;
La raison, la vertu, la beauté, l'opulence,
Les talents, vont sur lui fixer de jolis yeux;

Vers lui de la beauté le doux soupir s'élance,

A son regard sourit l'hymen le plus heureux.

Parmi ces beaux tendrons, dont la beauté l'enchante,

Dunant voit s'élever une riante fleur,

Un objet ravissant, une femme charmante,

Aline, dont chacun admire la splendeur.

Des beautés son minois et son noble corsage,

Oui, signalaient aux yeux les plus riants attraits;

Ses talents, ses vertus, qui devancèrent l'âge,

De l'étude partout signalaient les bienfaits.

Dunant, ce beau lion, possédant l'art de plaire,

De la jeune beauté faisait battre le cœur;

Enfin, il la demande à Valdemon son père,

Dont il reçoit l'espoir, l'accueil le plus flatteur.

Il voit le tendre amour, le plus doux mariage,

Sur ses pas à jamais enchaîner le plaisir.

Il voit le vrai bonheur, le bonheur sans nuage,

De ses divins attraits enchanter l'avenir.

Le rêve caressant, dont l'heureuse espérance

Si tendrement berçait le jeune médecin,

Oui, ce rêve chéri, si plein de jouissance,

Sous les traits du malheur s'évanouit enfin.

Jaloux de l'avenir qu'un tendre amour prépare,

De l'hymen conjurant les plus touchants liens,

Par de nombreux revers, dans sa fureur barbare,

A Dunant, oui, le sort vint ravir tous ses biens.

Dans quel abîme affreux ce coup le précipite!

Il y voit engloutir ses trésors, son bonheur;

Il y voit absorbés l'éclat de son mérite,

Et d'un suave hymen la brillante faveur.

Pour lui plus de repos, de gaîté, plus d'Aline;

Le plus sombre chagrin l'accable incessamment;

Le trépas qu'il demande à la bonté divine,

Voilà tout son espoir, son rêve caressant.

L'absence d'un hymen qui montrait tant de charmes,

D'un hymen que brisait l'orgueilleux Valdemon,

De Dinant fit longtemps couler les tristes larmes,

En déchirant son âme, égarant sa raison.

A ces cruels tourments, à cet affreux délire,

Une froide langueur vint succéder enfin;

La raison, le courage, ont repris leur empire,
Dunant s'élance encor dans un noble chemin.
Dans cet art médical, sa brillante ressource,
Il trouve les moyens d'arriver au bonheur,
Il voit dans ses talents la précieuse source
Des trésors qui l'avaient entouré de splendeur.
Oui, six ans de labeur, de gloire mémorable,
Rappelèrent l'éclat qu'avait perdu Dunant;
La fortune à jamais lui restant favorable,
Sur lui fit, chaque jour, tomber son doux présent.
Aline, qu'embrasait une flamme constante,
Loin d'un amant si cher au tombeau descendait;
Une sombre langueur, une fièvre constante,
En fanant ses attraits sourdement la minait.
Du jeune médecin regrettant l'alliance,
Valdemon, pour sa fille, appelle enfin Dunant;
Il voit un art prospère, une aimable présence,
Conjurer le trépas déjà si menaçant.
A l'aspect d'un objet qu'elle aime, qu'elle adore,
D'un objet dont l'amour vient trahir son ardeur,

Aline, en peu de temps, voit germer, voit éclore
Les fleurs de la santé, les roses du bonheur.
Oui, les soins éclairés unis à la tendresse,
Les talents merveilleux, l'amour le plus touchant,
Ont bientôt ramené la grâce enchanteresse,
Le suave incarnat, le charme ravissant.
Aline retrouvait une vigueur prospère,
Elle brillait toujours d'un éclat séduisant;
De ses riches voisins, loin de savoir lui plaire,
L'hommage, les amours, l'importunaient souvent;
Un marquis irrité d'un refus qui le blesse,
D'un cœur impétueux écoute là fureur.
Oubliant les devoirs qu'impose la noblesse,
De la vengeance il veut savourer le bonheur.
Aline allait souvent méditer sous l'ombrage
Des chênes gracieux, du manoir l'ornement.
Un soir qu'elle rêvait sous le riant feuillage,
Deux scélérats masqués l'arrêtent brusquement;
Un perfide bâillon la condamne au silence,
On l'entraînait déjà, quand Dunant furieux

A ces hommes tremblants fait sentir une lance
Qui sait les éloigner d'un butin précieux.

Valdemon ayant su la fâcheuse aventure,
Voulant récompenser un service éclatant
Et largement payer une flamme si pure,
Promet la main d'Aline à son fidèle amant.

On doit avec splendeur fêter le mariage;
Mais Dunant est forcé d'éloigner ce beau jour;
Un procès lui commande un prompt et long voyage;
Il vole, en soupirant après le doux retour.

Dunant ayant pour lui fait pencher la balance
De l'aveugle Thémis, va revenir enfin;
Il doit revoir l'objet de son impatience,
La belle et tendre Aline où régnait le chagrin;

Mais il est enchaîné par une maladie
Qui vient paralyser sa raison, sa vigueur.
Dans l'espace d'un mois, le flambeau de sa vie
Sembla jeter aux yeux sa dernière lueur;

Il a vu poindre enfin la vigueur trop tardive,
Pour lui vient resplendir de la santé la fleur,

Lorsque, pendant un mois, l'affreuse récidive

Sait encor l'enchaîner au lit de la douleur.

Il retourne au séjour où brilla son amie,

Il entend retentir les bruits les plus affreux ;

Valdemon ruiné, dans sa triste folie,

Vient d'arrêter le cours de ses jours malheureux.

Aline, que blessait le plus affreux silence,

Voyant un abandon, un outrage sanglant,

Aline, que brisait une horrible souffrance,

Renfermait sa douleur en un triste couvent.

Dunant vole soudain au sombre monastère

Qui recèle l'objet de ses tendres amours ;

Aline, enfin, qu'abat la douleur trop amère,

Doit au monde à l'instant renoncer pour toujours ;

On attendait ses vœux, barrière infranchissable ;

Mais Dunant apparaît, toujours brûlant d'ardeur.

Cédant au noble amour, son Aline adorable

Vient accorder sa main, seul gage de son cœur.

Dunant, que l'hyménée au vrai bonheur élève,

Achète le manoir qu'habitaient ses aïeux,

Ces lieux, où le berçait un délicieux rêve,

Ces lieux riants, témoins de ses plus tendres feux.

Il aime à contempler, sous l'ombrage admirable,

Aline savourant le délice enchanteur,

Aline, dont le cœur à jamais adorable

Sur lui vient épancher un immortel bonheur.

ORSANT.

A peine Orsant comptait seize hivers dans sa vie
Qu'au sort de l'orphelin il resta condamné.
Ses coupables parents, dans leur triste incurie,
A d'aveugles penchants l'avaient abandonné;
Il vit avec délice une fortune immense
Sur lui venir toujours épancher sa faveur,
Lui garantir surtout l'heureuse indépendance,
Lui frayer le chemin du plaisir enchanteur.
Il n'alla pas chercher au foyer de l'étude
Les bienfaits précieux qui charment les loisirs,

A ses yeux le talent, dont la voie est si rude,

Ne pouvait balancer le charme des plaisirs;

Il osa repousser d'une sainte morale

Les divines clartés, sources du vrai bonheur;

De la vile ignorance où l'âme se ravale,

Oui, son ignoble goût préféra la hideur.

Non content d'éloigner les talents honorables,

L'étude qui toujours anoblit la raison,

Il osait exhaler en propos méprisables

La haine qu'il vouait à la religion.

Dédaignant les honneurs que la fortune envie,

Et bravant le regard qui vers lui s'élançait,

Dans la fange du vice, au milieu de l'orgie,

Sans regrets, sans pudeur, toujours il se vautrait.

Dans ces lieux dégoûtants, où l'intérêt sordide

Vient dominer les jeux, il court avec bonheur;

Sur la table penché, là, d'un regard avide,

Il semble aspirer l'or, fruit d'un triste labeur;

Il y voit sans pitié la ruine accablante

D'une épouse et d'enfants qu'un père abandonnait;

Et du joueur déçu, l'angoisse déchirante,

Dans son cœur avili n'éveille aucun regret.

Dans ce hideux repaire, où la femme égarée,

Des plus saintes vertus dédaignant la beauté,

D'une belle pudeur brave la loi sacrée,

Et vend aux passions l'infâme volupté,

Orsant qui méconnaît le charme que la femme

Des talents, des vertus, fait jaillir à jamais,

Orsant vient s'énerver, vient dégrader son âme

Au milieu de plaisirs que suivront les regrets.

Faire partout la guerre à l'animal timide

Qui cherche le repos au sein du vert gazon;

Sous le plomb meurtrier briser l'aile rapide

De l'oiseau qui s'élance à travers le vallon,

Ce fut un jeu qui vint d'Orsant charmer la vie.

Au retour de la chasse, un groupe libertin

Dans un repas brillant appelait la folie,

Le spectacle hideux que fait surgir le vin.

Orsant fuyait les bals où la femme charmante

Relève sa beauté de charmes ravissants,

Où va s'irradier la splendeur séduisante

Des modestes vertus, des suaves talents.

Il détestait les bals où l'aimable sourire

D'un chaste amour, que voile une douce pudeur,

Charme un regard modeste, un regard qui respire

La vertu, la raison, le mérite enchanteur.

Pour échapper toujours à ses propres lumières,

A son regard que blesse enfin sa nullité,

Il aime à déployer devant les yeux vulgaires

Son adresse, élément d'une sotte fierté;

Il va dans les cafés, dont la vapeur l'invite,

Exciter sa raison par de brûlants esprits;

Il y va préluder à l'horrible conduite

Qu'il doit montrer le soir en d'infâmes réduits.

Méconnaissant le frein qu'à l'ardeur sanguinaire

Apportent la raison, la douce humanité,

Il aime à provoquer le jeune téméraire

Que trop souvent domine une aveugle fierté.

Il trouve en la douceur de l'homme qu'il défie,

Dans la vigueur d'un bras que guide le talent,

Une audace nouvelle, et sa main avilie

A mainte fois semé le deuil le plus navrant.

Orsant désenchanté ne voit qu'un triste vide

Succéder au plaisir qu'à jamais il cherchait,

Il voit s'éteindre enfin le mirage perfide

Que vont suivre toujours le dégoût, le regret.

Des plus brillants honneurs, l'éclat vient le séduire,

Il rêve tous ces rangs où doit monter l'honneur;

Au glorieux suffrage, au beau titre, il aspire,

Mais un profond mépris révèle son néant.

Il apprend qu'aux honneurs, aux places honorables,

A la haute noblesse on ne peut s'élancer

Qu'avec le ferme appui des vertus admirables,

Des talents que l'étude enfin vient dispenser.

Remplir la mission que l'honneur nous impose,

Pour tous les cœurs bien nés est un devoir sacré.

Un talent vertueux seul aujourd'hui se pose

Au poste où doit briller le mérite avéré.

Orsant pour qui n'est plus l'estime populaire,

Orsant qu'un tel dédain enflamme de courroux,

Retourne sans pudeur à cette vile ornière,

A ces vices hideux où le portaient ses goûts.

Il jure, en sa fureur, une haine éternelle

A son pays entier, à tout le genre humain.

En vain l'homme, que suit la misère cruelle,

Vient lui montrer ses pleurs, vient lui tendre la main.

Après les vils ébats d'une orgie ordinaire,

Orsant, dans le sommeil, le calme de la nuit,

Cuve d'un vin charmant la vapeur somnifère,

Où d'ignobles pensers le flambeau s'éteignit.

Une chaleur brûlante à l'instant le réveille,

Une épaisse vapeur en vient baigner le sein;

Il voit en langue horrible une flamme vermeille

Jaillir vers ses rideaux qu'elle entoure soudain.

Il s'élance, tremblant et glacé d'épouvante,

Sur les planchers brûlants qui déjà s'ébranlaient,

A travers la vapeur, la flamme dévorante,

Franchit les escaliers où les feux pétillaient;

Il descend à la cour, à grands cris il appelle,

Ses bras font retentir la cloche du château;

Mais aux tristes accents de sa douleur cruelle,

Par des rires vengeurs répondit le hameau.

Les affreux tourbillons de la flamme légère

Ont bientôt ruiné le plus beau des séjours;

Dans un humble manoir où le suit la colère,

Le méprisable Orsant verra couler ses jours.

Il poursuivait déjà le cours de sa folie,

A son brutal penchant sans honte il se livrait,

Lorsque l'abandonnant, la fortune ennemie

Lui ravit tout à coup les biens qu'il possédait.

Comme s'il fût tombé sous l'éclat de l'orage,

Par ce terrible coup, Orsant anéanti

Voit soudain la vigueur, la raison, le courage,

Et surtout l'amitié s'échapper loin de lui.

Il ne lui reste rien, pas même l'espérance;

Ah! quel sombre avenir! quel affreux horizon!

Sous les haillons hideux de l'horrible indigence,

Il croit déjà sentir de la faim l'aiguillon.

Un avenir moins sombre à ses yeux se révèle;

Il porte sa douleur dans le rang du soldat,

17

Un infime désir sous les drapeaux l'appelle,

Ce n'est pas la valeur qui le mène au combat.

Les pénibles travaux, la triste discipline,

Un rang toujours obscur, un modeste aliment,

Vont encore assombrir l'humeur toujours chagrine,

L'esprit désespéré du malheureux Orsant.

Déserteur du bivouac, de la noble bannière

Il s'éloigne en tremblant, il erre au fond d'un bois;

Comment s'y dérober à la triste misère,

Aux tourments de la faim, aux vengeances des lois?

Il rencontre un brigand; dans sa bande il s'enrôle;

Au vol, au crime affreux il veut s'associer;

A son faible talent se mesure son rôle;

Aux mystères de l'art on doit l'initier;

Mais devant tant d'horreur, Orsant pâlit, chancelle,

Loin de l'affreux repaire il s'échappe à jamais;

D'un parent fortuné, vertueux, honorable,

Il gagne le château, séjour le plus brillant;

Cet homme, dont le cœur était inconsolable,

Déplorait le trépas de son unique enfant.

Orsant vint exposer sa misère, ses larmes,

En jurant de marcher au sentier de l'honneur;

Le vieillard, que fléchit un repentir sincère,

Enfin à la pitié livre son faible cœur.

D'un pouvoir indulgent recevant l'amnistie,

Orsant trouve la paix dans un riant manoir;

Au milieu de l'étude il voit couler sa vie,

En goûtant les douceurs d'un glorieux savoir.

Les talents, les vertus fécondes en délices

Font de son âme enfin jaillir de beaux reflets;

De la religion les lumières propices

En lui vont projeter leurs consolants bienfaits.

Il va, sous l'humble toit de la sombre misère,

Déployer les attraits d'un cœur pur, généreux;

Compatissant aux maux, son âme tutélaire

Aime à sécher les pleurs de l'être malheureux;

Se pliant au bon ton, aux plus nobles usages,

Déployant des dehors empreints d'urbanité,

Il sait de tout le monde enchaîner les suffrages,

Il charme les regards de la jeune beauté.

Son esprit tutélaire et ses talents aimables,

Les vertus dont il sait faire éclater les feux,

Des honneurs qu'il rêva, des titres honorables,

Vont ouvrir le chemin à ses pas glorieux.

Il voit les compagnons de son libertinage,

Au dédain, au mépris toujours abandonnés;

Ces monstres, dont son âme apprit le brigandage,

Au trépas infamant se virent condamnés.

L'affreux malheur qu'Orsant dès longtemps voyait poindre

Vint répandre le deuil sur le riant séjour;

Son parent, moissonné, sans regret va rejoindre

Les enfants que pleurait à jamais son amour.

Le vieillard vénérable, en songeant à l'orage

Qui peut dans le tombeau nous mener brusquement,

De sa tendre pitié laissa le témoignage

En léguant tous ses biens à son pauvre parent.

La perte d'un ami si bienfaisant, si tendre,

Sur Orsant fit peser le poids de la douleur;

Enfin, après un an, le doux hymen vint rendre

A son cœur attristé le délice enchanteur.

La riche Zélina, cette femme charmante
Où de tous les attraits l'éclat resplendissait,
D'Orsant voulut payer la tendresse constante
Par le don de sa main et d'un bonheur parfait.

ZULMA.

De parents vertueux, qui voyaient l'opulence
Les combler de bonheur, Zulma reçut le jour;
Oui, le sort le plus doux entoura son enfance
De vertus, de talents, de fortune et d'amour.
Devançant tous ses vœux, une sensible mère,
Des pères le meilleur, veillaient sur ses besoins;
Des serviteurs, guidés par un œil tutélaire,
L'environnaient encor de leurs plus tendres soins.
Dans un riant château, non loin de la Champagne,
En de pompeux salons, des bosquets séduisants,
Dans les plaisirs si doux d'une riche campagne,
Avec gaîté Zulma voyait couler ses ans;

Tous les oiseaux semblaient, de leur chant sous l'ombrage
A l'envi saluer une jeune beauté;
Et les bons paysans déjà rendaient hommage
A deux yeux qu'animaient l'esprit et la bonté.

Le gibier savoureux, le produit de la pêche,
Tous les jours embaumaient la table du château;
Quand le soleil brillait, une belle calèche
Allait porter Zulma loin de son vert coteau.

En éternels bienfaits exhalant sa tendresse,
La mère avec bonheur accordait les atours.
De son enfant chéri la parure sans cesse
Témoignait de son goût, du plus vif des amours.

Des généreux parents les avis salutaires
Ne devaient pas suffire à l'esprit de Zulma;
Afin qu'elle reçût les plus vastes lumières,
Dans une école noble, enfin on la mena.

Dans son âme accessible aux dons de la science,
Germèrent les vertus, les sublimes talents;
On vit bientôt surgir de son intelligence
Les séduisantes fleurs et les fruits ravissants.

Après cinq ans livrés à l'ardeur la plus belle,

Fière de ses lauriers, des plus nobles succès,

Zulma revint trouver la maison paternelle,

En laissant tous les cœurs en proie à des regrets.

Des talents, des vertus, des grâces l'assemblage,

A la perfection chez Zulma s'élevait.

Son cœur et son esprit, ses traits et son corsage,

Savaient faire éclater le plus suave attrait.

Zulma sut déployer aux lieux qui la revirent,

De brillantes vertus, de l'étude heureux fruits,

Ses glorieux talents toujours se réfléchirent

Dans sa voix, dans ses faits, dans ses nobles écrits.

Sous le toit du malheur sa bonté consolante

Epanchait les bienfaits, charmait le noir souci;

Dans ses accents divins, dans sa pitié touchante,

L'infortune puisait de tous ses maux l'oubli.

Zulma, comme une reine enchaînant les hommages,

De tous les bals faisait le plus bel ornement;

Son esprit, sa beauté, captivaient les suffrages,

En laissant exhaler un parfum ravissant;

Le plaisir, le bonheur, suivaient partout sa trace;

Devant ses doux attraits l'amour brillait soudain;

Les jeunes gens, charmés, épris de tant de grâce,

Aspiraient à l'honneur de conquérir sa main.

De la jeune Zulma le bonheur ineffable,

Comme un songe brillant enfin s'évanouit;

Sur la famille entière un orage effroyable

Fit rouler ses éclats, rapidement fondit.

Des malheurs imprévus, une faillite immense,

Des pertes, fruits amers d'un cœur trop généreux,

Vinrent anéantir une belle opulence,

Firent soudain pleuvoir les maux les plus affreux.

Le cortége effrayant d'une horrible misère,

Que venaient assombrir maints souvenirs charmants,

Vint frapper de Zulma le regard, l'âme fière,

Vint bientôt la livrer aux plus cruels tourments.

Partout son œil voyait la peine la plus dure

De ses traits acérés déchirer sa maison;

Son esprit, qu'élevait une morale pure,

Cherchait un vain refuge en la religion.

Un si terrible coup, sans nulle résistance,
Abattit ses parents que la douleur brisa;
Après un mois, chacun détruit par la souffrance,
Par le navrant chagrin, au tombeau reposa.
Quel affreux avenir, quel abîme effroyable,
S'ouvre devant Zulma! Tous ceux qu'elle chérit,
Des pères le plus tendre, une mère adorable,
En éprouvant son cœur, le ciel les lui ravit.
Elle ose contempler l'affreuse solitude
Où soudain la plongea le sort dans sa fureur,
De l'horrible misère, en son inquiétude,
Elle ose mesurer toute la profondeur.
De la religion la flamme salutaire
Retrempe de Zulma le penser incertain;
D'un espoir caressant le rayon tutélaire,
A son regard dévoile un moins triste chemin.
Zulma songe à Paris, où vit une parente
Dont jadis elle avait su captiver le cœur;
Elle y voit son appui, la femme bienfaisante
Qui sur elle pourra verser quelque bonheur.

Vers la superbe ville, en très humble toilette,

Soudain elle chemine avec fort peu d'argent;

Pour compagne elle a pris une aimable soubrette,

Et veut jusqu'au village aller pédestrement.

A ses pensers divers incessamment livrée,

Zulma va tristement parcourir le chemin;

Les sites gracieux dont elle est entourée,

Ne peuvent enchaîner son regard trop chagrin.

De son cruel malheur les pénibles images

Vont dans tous les instants absorber sa raison,

Et de son avenir souvent d'affreux nuages

Viennent pendant la marche assombrir l'horizon.

D'une épaisse forêt dont le sinistre ombrage

Projetait ses rameaux vers le sombre chemin,

Tout à coup un brigand, d'une mine sauvage,

S'élance vers Zulma qu'il arrête soudain;

Dans ses yeux, dans sa voix, dans son air, tout révèle

D'un scélérat profond l'horrible sentiment;

Il demande à Zulma l'argent qu'elle recèle;

Son bras alors brandit un poignard menaçant.

Zulma pâlit d'effroi; son corps glacé chancelle;
Un nuage, un bandeau, semble voiler ses yeux;
Mais le brigand, de suite, a de la jouvencelle
Reconnu les beaux traits, les charmes gracieux.
C'est vous, dit-il, ô belle, hélas! trop malheureuse,
Dont le soin au trépas un jour sut me ravir.
Non, non, ne craignez rien, belle si généreuse,
Ne craignez rien, pour vous, oui, je saurais mourir.
Il sait tous les chagrins, tous les maux qu'elle endure,
Il lui présente un or souillé par le larcin,
Pour qu'au prochain hameau la plus douce voiture
Repose un joli corps déjà las du chemin.
Elle refuse un fruit de l'affreux brigandage.
Un peu d'argent qui seul au naufrage échappa,
Aux rives de la Seine, au but de son voyage,
Avec rapidité fit conduire Zulma.
Les plus sombres pensers assiégèrent son âme;
De ses hôtes nouveaux elle craint la froideur;
De l'amitié souvent l'absence éteint la flamme;
Trop de soins à Paris vont enchaîner les cœurs.

Chez sa parente enfin Zulma se voit reçue :

L'éclat de la fortune, un faste éblouissant,

L'air amical, surtout, viennent frapper sa vue,

Et font éclore en elle un espoir consolant.

De Zulma la parente, auprès du beau Lizaire,

Sous le joug de l'hymen voyait couler ses jours;

Une charmante fille, image de sa mère,

Depuis huit ans scellait les plus tendres amours.

Le couple fortuné, dans la jeune cousine

Dont il est enchanté, semble voir une sœur;

Il veut, au noir chagrin qui tous les jours la mine,

Par les soins les plus doux enfin ravir son cœur.

Zulma, voulant payer la faveur tutélaire

Qui venait de son âme adoucir les regrets,

A la gentille enfant que l'on nommait Glicère,

Du plus noble savoir consacra les bienfaits.

Pour remplir les devoirs que la délicatesse,

L'honneur, la sympathie, imposent à son cœur,

Zulma sait déployer l'éclat de la sagesse,

Le charme du talent, la plus brillante ardeur.

Elle fait découler dans l'esprit de l'élève
La sublime raison, le penser généreux;
De Glicère l'esprit et s'épure et s'élève,
Signale les vertus, les talents merveilleux.
Dans le riant asile où réside Lizaire,
Habite le bonheur, le charme ravissant;
Un amour éternel, une amitié sincère,
Honneurs, fortune immense, y règnent constamment.
Souvent de joyeux bals, déployant tous les charmes,
Du plus heureux séjour animaient le tableau;
Et Zulma, dont le temps avait séché les larmes,
Puisait dans ces plaisirs un triomphe nouveau.
Une douce langueur, une mélancolie,
Aux chagrins de Zulma succéda lentement;
Elle voyait encor le bonheur sur sa vie
Epancher quelques fleurs, un charme séduisant.
L'ombrage gracieux des prés et des collines;
L'amitié, les respects de serviteurs nombreux;
L'amour qu'elle éveillait par ses grâces divines,
En son âme versaient du plaisir les doux feux.

Un vrai bonheur comblait la maison de Lizaire;

Bientôt s'évanouit son radieux éclat,

Le ciel semblait jaloux d'un charme si prospère;

On vit s'évanouir le plus heureux état.

Une fièvre soudaine, à travers la contrée,

Et surtout dans Paris, sévit cruellement;

Glicère y succomba, puis sa mère navrée,

Dans la nuit du tombeau disparut promptement.

En proie à sa douleur, à cette épidémie,

Lizaire inconsolable au tombeau descendait;

Mais un ange gardien, une femme attendrie,

Sur lui pour le sauver à tout moment veillait;

Toujours bravant la fièvre et déployant le zèle,

Le soin intelligent des plus tendres amours,

Zulma voit couronner son amitié fidèle,

Elle a vu de la fièvre enfin briser le cours.

Sous les traits du chagrin, en détestant la vie,

Lizaire végéta, plongé dans la langueur;

Le poison consumant de la mélancolie

Semblait de tout son être enchaîner la vigueur;

Mais lorsqu'enfin le temps en eut retrempé l'âme,

Arrêtant sur Zulma des regards enchantés,

Il vit, dans leur éclat, de cette noble femme

Les vertus, les talents, les sublimes beautés;

Dans le fond de son cœur, la tendre sympathie

Vint encore épancher son délice enivrant.

L'amour vint embellir l'horizon de sa vie,

Jeter sur le malheur un voile consolant.

A sa belle parente, à l'objet qu'il adore,

Lizaire tendrement sait dévoiler enfin

La noble passion dont le feu le dévore,

Il en avait le cœur, il en reçut la main.

Parmi tous les fermiers qui lui rendent hommage,

Il en est un surtout qu'entourent les respects,

Il en est un qu'on aime, on admire au village,

Où descendent partout ses précieux bienfaits;

Vers lui Zulma soudain porte un regard avide;

Mais quelle émotion alors vient l'agiter :

Cet homme bienfaisant, à l'air humble et timide,

Est le brigand qui vint un jour l'épouvanter.

18

POÉSIES FUGITIVES.

A M. le Professeur B***.

–◦〰◦〰◦–

Réalisant enfin le rêve
Qui berçait tes amis nombreux,
Du faîte où la gloire t'élève
Tu descends vers des cœurs joyeux;
Tu parais, et soudain la rive
Nous offre des charmes nouveaux;
Devant tes pas la gaîté vive
A lancé des-reflets plus beaux.

Au sein du plus brillant rivage,
Noble ami, réside souvent;
Qu'en ton âme le doux ombrage
Rappelle un souvenir charmant.
Ici, pour toi la sympathie
Alluma des feux enchanteurs,
Et vint sur le cours de ta vie
Jeter les plus aimables fleurs.

Toi, dont l'âme est sensible et pure,
Viens, à l'exemple de Rousseau,
Admirer la belle nature,
Les prés, les bois, le doux ruisseau;
Viens, de nos rives attrayantes
Contempler les fleurs, les bosquets,
Surtout quand des femmes charmantes
Y vont déployer mille attraits.

D'une bonté que rien n'efface,
Comprimant les élans si beaux,

Va dans la pêche et dans la chasse
Troubler la paix des animaux;
Du rôti pompeux élabore
En toi le suave élément;
Ah! puisses-tu longtemps encore
L'animer de ton feu brillant.

Devant l'esprit toujours aimable
Qui de tes lèvres sait jaillir,
Devant le penser honorable
Qui dès longtemps sut t'anoblir,
Que pour toi l'amitié sincère
Vienne de nos flacons mousseux,
Epancher, en flot salutaire,
Un esprit fin et généreux.

La fleur brillante dont l'arome
A fait le charme du matin,
Encor suavement embaume
D'un jour superbe le déclin;

D'un beau soir, comme de l'aurore,
On sait aimer les doux rayons,
Au soir de tes ans, viens encore
Egayer nos charmants vallons.

RÊVES DE BONHEUR.

-o҉Ꙩ҉Ꙅo-

Pour jeter un doux charme aux âges qu'il traverse,
En vrai caméléon, oui, le rêve apparaît;
Au sein de mille fleurs dans l'enfance il nous berce;
A briser d'un Mentor la chaîne il est tout prêt.
C'est dans la liberté, les jeux et la folie,
Qu'il présente à l'enfant le délice enchanteur;
C'est au milieu des soins d'une mère attendrie
Qu'il projette à ses yeux les roses du bonheur.

L'amour, le tendre amour, un cœur toujours fidèle,

Voilà le seul bonheur qu'on rêve à dix-huit ans;

A ce brillant objet que le jeune homme appelle,

Le songe vient prêter des charmes ravissants.

Au milieu des combats, si l'on cherche la gloire,

Si l'on veut déployer d'un héros la fierté,

C'est pour aller poser le prix de la victoire,

Le laurier glorieux aux pieds de la beauté.

Quand la maturité dans l'homme se révèle,

C'est à l'ambition que le rêve saura

Emprunter mille fleurs que sa main trop fidèle

Aux regards de l'orgueil à jamais étala;

Du pouvoir, des honneurs, le séduisant mirage,

Des suaves lauriers le prestige éclatant,

Viennent partout surgir, en voilant les orages

Que de l'ambition porte le feu brûlant.

Le vieillard qu'on délaisse au banquet de la vie,

A du plaisir déjà vu s'effeuiller la fleur;

A travers les pensers de sa mélancolie,

Le rêve seulement émiera le bonheur ;

Heureux le sage alors, quand la douce espérance

De son aile d'azur vient porter à ses yeux

L'image du bonheur, de cette jouissance

Que l'on goûte à jamais sous l'ombrage des cieux.

A nos yeux daigne, ô rêve! offrir la douce image

De ces beautés où Dieu va porter ses reflets,

Montre l'azur des cieux, le gracieux ombrage,

Les fleurs, les bois les champs, les ravissants bosquets;

A nos yeux enchantés, de la philanthropie

Retrace les vertus, les charmes séduisants;

Viens traduire les fleurs que sèment dans la vie

L'amitié consolante et les amours constants.

A M. F***, de Chalonnes.

◦◦◦

La croix d'honneur vient payer le beau zèle,
Les nobles faits d'un homme généreux,
D'un homme pur que la gloire immortelle
A décoré dès longtemps à nos yeux.
Oui, dès longtemps une vertu sublime
Qui dédaigna de l'orgueil les hochets,
Vient signaler aux regards, à l'estime,
A notre amour un digne Chalonnais.

Il va porter, chevalier vénérable,
Sur la poitrine un emblême flatteur,
Où nos regards verront l'étoile aimable
Qui dans ces lieux versa tant de bonheur.
Oui, nous verrons la splendide lumière
Qui nous inonde au plus sombre chemin;
Pour nous guider son rayon tutélaire
Vient s'épancher devant l'œil incertain.

Comme ces fleurs où le rayon solaire
Imprime enfin le plus beau coloris,
Un cœur brûlant d'une ardeur tutélaire
Porte en ces lieux un éclatant rubis.
Ainsi qu'on voit sur la beauté charmante
Surgir la rose en hommage flatteur,
Ainsi nos yeux de la rose éclatante
Verront briller la feuille sur l'honneur.

Prix de bienfaits, un ruban nous présente
Le doux rayon d'un astre bienfaisant,

Dont la lumière, et propice et brillante,
Devant nos yeux s'élance en nous charmant.
A nos regards il retrace l'image
De l'arc-en-ciel, ce ruban merveilleux
Qui vient enfin, à travers le nuage,
Jeter l'éclat le plus délicieux.

Dans ce ruban, dont la couleur ignée
Vient rappeler des feux resplendissants,
Le Chalonnais verra la flamme innée
De la vertu, des sublimes élans;
Il saura voir l'image purpurine
D'un noble sang où l'honneur épuré
Vint allumer une chaleur divine,
Eterniser le feu le plus sacré.

ADIEUX.

Lorsque les feux de la jeunesse
En nous sont dès longtemps éteints,
Lorsque sur nos pas la vieillesse
Jette ses frimas, ses chagrins,
Une langueur, une souffrance,
De notre âme s'éloigne peu.
Adieu, suave jouissance,
Adieu, plaisir, bonheur; adieu.

19

Quand le voile d'un beau civisme,

Des plus nobles ambitions

Vient masquer partout l'égoïsme,

Les plus abjectes passions,

Quand partout la hideuse envie

De l'amitié brise le nœud,

Adieu le charme de la vie,

Adieu, etc.

Un jour, si la liberté chère

Aux cœurs bien nés, aux cœurs français,

Loin de nos yeux, loin de la terre,

Paraît s'envoler pour jamais,

Si de l'union fraternelle

En tout lieu s'éteint le doux feu,

Si la vertu n'a plus de zèle,

Adieu, etc.

Lorsque pour nous la sympathie

N'élève plus ses doux accents,

Et que sa rose, hélas! flétrie,
Ne peut venir charmer nos ans,
Lorsqu'au sein de l'indifférence
Qui succède au plus tendre feu,
Nous voyons s'enfuir l'espérance,
Adieu, etc.

Lorsque la fortune inconstante
De nous éloigne ses faveurs,
Lorsque la misère accablante
Sur nous fait peser ses rigueurs,
Adieu l'amitié dont la table
Venait raviver le doux feu,
Adieu la beauté favorable,
Adieu, plaisir, bonheur; adieu.

LE MARIAGE.

‿⊶⊚⊙⊜⊶

Pour charmer de la triste vie
Les ennuis, le sombre chemin,
Ecoutez, je vous en supplie,
Ecoutez la voix de l'hymen ;
De vos fronts chassant le nuage,
De vos peines brisant le cours,
Qu'il fasse ondoyer, en ombrage,
Sur vous le myrthe des amours.

L'hymen parsème la carrière
De plaisirs, de riants appâts,
Il fait de son flambeau prospère
Eclore des fleurs sous nos pas;
En nous donnant l'être que l'âme
Appelle en son rêve brûlant,
En nous accordant une femme,
D'un trésor il nous fait présent.

Au sein de la brise chérie,
Au milieu de ces tendres feux
Que l'hymen jette sur la vie,
Naissent des fruits délicieux;
S'il arrive un faible nuage,
De l'amour le divin flambeau
Le colore en brillant mirage,
Le teint du reflet le plus beau.

Fuyant la tempête et l'orage
Qui du monde agitent les flots,

Au sein du paisible ménage
Cherchez l'abri, le doux repos.
Voguez au fleuve de la vie,
Loin des brisants, loin du chagrin;
Livrez-vous, je vous en supplie,
A la nacelle de l'hymen.

Quand la pensée est assombrie
Par quelque nuage orageux,
Le rayon de la sympathie
S'élance encor plus radieux;
En beaux reflets il se divise,
Arc-en-ciel de félicité,
Oui, dans l'âme qu'il électrise,
Il vient semer la volupté.

Dans l'union la plus suave,
Dans le charme du tendre hymen,
Le censeur ne voit qu'une entrave,
Un esclavage, un dur lien;

Ce lien n'est qu'une liane
Où brillent les plus douces fleurs;
De ses nœuds ravissants émane
Un arome des plus flatteurs.

LA ROSE ET LA LIBERTE.

Reine des fleurs, combien je t'aime!
Dans tes parfums et ta beauté,
Oui, je vois le riant emblême,
Les attraits de la liberté;
Comme elle, toujours populaire,
Tu viens par un charme attrayant
Egayer la triste chaumière,
La cabane de l'indigent.

Au sein de nos temples, marie
Tes parfums à l'encens divin;
Sur l'autel, viens, rose chérie,
Etaler un brillant carmin;
Le ciel accueille ton hommage;
Consacrant la fraternité,
Il sait encore davantage
Chérir la sage liberté.

Parfume de ton ambroisie
Le front de la jeune beauté;
Au sein de la femme jolie
Exhale encor la volupté.
A nos belles tu sauras plaire;
Mais, crois-le bien, suave fleur,
D'une âme tendre, un peu légère,
La liberté fait le bonheur.

Tu cherches de nos verts bocages
Et la verdure et la fraîcheur;

La liberté sous nos ombrages
A souvent trouvé le bonheur;
Tu sais, pour défendre tes charmes,
Opposer le dard menaçant,
La liberté sait, dans les armes,
De ses droits trouver le garant.

Si Bellone, aux champs de la guerre,
Ensanglante la liberté,
Un sang divin t'a dans Cythère
Porté son éclat, sa beauté;
Si la liberté qu'on outrage
Ose ensanglanter l'horizon,
Pour toi, sous l'élan du courage,
Le sang coula dans Albion.

Comme la liberté, redoute
Le contact d'animaux hideux
Qui vont aisément sur leur route
Porter des ravages nombreux.

Redoute à jamais, ainsi qu'elle,

De l'orage les tristes coups.

Un jour la tempête cruelle

Peut vous briser dans son courroux.

COUPLETS.

AIR : **Drin, drin, drin.**

Venez, venez, aux rives de Chalonnes,
Dans un pays qui vous enchantera;
Là, vous pourrez lorgner nymphes mignonnes
Dont la beauté constamment charmera.
    Tra la, la, etc.

Sur nos coteaux le soleil élabore,
Un jus divin qui se résumera
En vrai nectar, et saura faire éclore
Des ris, des jeux, que l'amour chérira.
    Tra, la, la; etc.

Sous l'affreux poids de la douleur amère,
Le Chalonnais jamais ne restera;
A la guinguette, aux bosquets de Cythère,
En bon vivant toujours il volera.

    Tra, la, la, etc.

Entre deux vins, sous des regards aimables,
Le Chalonnais gaîment se posera,
En se riant de censeurs détestables,
Vers le plaisir toujours il marchera.

    Tra, la, la, etc.

La liberté sur nos charmants rivages,
D'un amour pur toujours nous embrasa,
Surtout devant les plus gentils visages,
Et ces flacons dont le jus enivra.

    Tra, la, la, etc.

Le Chalonnais sait aimer la patrie,
Surtout les bords dont le vin l'enchanta;

Surtout la rive où grisette jolie

D'un seul regard toujours nous enchaîna.

   Tra, la, la, etc.

Pour nous dompter si l'ennemi s'avance,

Le Chalonnais au combat marchera;

Le Chalonnais, enflammé de vaillance,

De vin, d'amour, en volant chantera :

   Tra, la, la, etc.

A UNE DEMOISELLE TRÈS GRANDE.

◦❍◦

Tout doit respirer l'harmonie;
Il faut un corps majestueux
A cette âme grande, anoblie,
Qu'animent tes sublimes feux;
Les peintres fameux de la Grèce,
De leur pinceau toujours vanté,
Savaient donner à la déesse
La grandeur et la majesté.

20

Une belle qui sait nous plaire
Par l'éclat le plus ravissant,
Doit toujours se mettre en lumière,
Se poser en objet saillant;
La nature qui t'envisage
Avec délice, avec fierté,
Veut qu'on admire son ouvrage,
Veut qu'on admire ta beauté.

Lorsque tu viens de nos campagnes
Contempler les riants objets,
Ton charme éclipse les compagnes
Dont nous proclamions les attraits.
Tel, un beau palmier nous étonne
Par un port sublime, charmant,
Et de tout ce qui l'environne
Efface l'éclat pâlissant.

Dans un salon, quand ta présence
Enchaîne les yeux stupéfaits,

Ravive l'éclat de la danse,
Révèle les plus beaux attraits,
On croit voir au sein d'un parterre
La rose dans son incarnat,
De la corolle la plus fière
Absorber le charme et l'éclat.

Dans une fête magnifique
Dont tu révèles la beauté,
Oui, soudain ton éclat magique
Seul captive l'œil enchanté;
Alors nous croyons voir l'aurore
Eteindre, en de suaves feux,
L'éclat dont rayonnait encore
Devant nous l'étoile des cieux.

A Mlle X***.

—❈—

De ton corps léger, aérien,
La gentillesse ravissante
D'un sylphe rappelle soudain
Les attraits, la grâce charmante;
Quand ton aspect délicieux
Vient enchaîner notre œil avide,
Nous contemplons l'ange des cieux
Dans la plus aimable sylphide.

Comme une rose, l'ornement
Et l'orgueil du riant parterre,
Tu viens, sous l'ombrage ondoyant,
Déployer aux yeux l'art de plaire;
Du gracieux myosotis,
Alors vient se dresser l'emblème;
Tu résumes ses dons exquis,
Oui, plus on te voit plus on t'aime.

Lorsque tu viens d'un pied joli
Effleurer l'herbe du bocage,
On rêve au charmant colibri
Errant sous le propice ombrage;
On préfère aux suaves fleurs,
Que ce riant volatile aime,
La rose aux parfums enchanteurs
Qu'en tous lieux ton doux charme sème.

Lorsque tu marches en rêvant
Dans une salle de verdure,

Sous un ombrage ravissant,
Auprès d'une onde claire et pure,
En toi l'œil soudain enchanté
Voit la naïade séduisante,
Il contemple avec volupté
De ces lieux la nymphe charmante.

Lorsque ta main légèrement
Presse la touche frémissante,
Quand de ta voix le doux accent
Frappe l'oreille qu'il enchante,
Avec délice nous voyons
Surgir Euterpe, Polymnie,
En ce moment nous jouissons
De la plus exquise harmonie.

A LA CROIX DE MISSION.

−✥✿✥−

Symbole qu'on révère, en toi l'homme verra
L'image de son Dieu mourant au Golgotha,
Le dénouement d'un drame où la bonté divine
En immenses bienfaits à jamais se dessine.
Inspiré par la voix de ces mortels pieux
Qu'honorent des talents nobles, délicieux,
L'homme vient t'ériger sur le champ tumulaire,
Dans la nuit du tombeau, sois l'étoile prospère.

En voyant à jamais devant toi la douleur
Dont le trait déchira le plus sublime cœur,
L'homme oublîra ses maux; il doit avec courage
Supporter les ennuis d'un long pèlerinage.
Ton bois allumera ce feu dont le rayon
Vient retremper le cœur, épurer la raison;
Sur l'aile d'un beau rêve et des plus saintes flammes,
Vers les cieux devant toi vont s'élancer les âmes.

O vénérable croix, en ombrage chéri,
Tu vas offrir à l'âme un consolant abri;
Elle doit en liane, elle doit comme un lierre,
Enlacer de ton bois la fibre tutélaire;
Bravant des passions l'orage menaçant,
Elle aura près de toi son refuge constant;
Des cieux une rosée, une brise propice,
En elle iront verser l'ineffable délice.

En doux paratonnerre, ô croix, oui, tu sauras
De maint terrible orage éloigner les éclats;

A ton pied l'homme doit conjurer la tempête
Que trop d'égarements appellent sur sa tête.
Entre les cieux et nous, en arc-en-ciel riant,
A jamais va surgir ton aspect bienfaisant;
Entre les cieux et l'homme affermis l'alliance,
Et soutire pour lui d'un Dieu la bienfaisance.

Ton éclat radieux, comme un phare brillant,
Doit parmi les écueils resplendir constamment;
Comme sous les rayons de l'éclatante aurore,
Les germes les plus beaux devant toi vont éclore;
A ton pied des vertus l'heureux fruit va mûrir,
Comme une rose enfin l'âme va s'agrandir
En laissant exhaler le plus suave arome,
Le parfum ravissant que la foi pure embaume.

Le cœur ambitieux rêve la croix d'honneur,
La raison voit la croix d'où jaillit le bonheur.
En divin talisman, sur nos joyeux rivages,
Ton pouvoir étendra les plus doux avantages.

Si la croix a, jadis, sur l'horizon lointain,
Fait couler à grands flots le sang du paladin,
Elle doit en ces lieux propager l'harmonie
En allumant tes feux, divine sympathie.

Devant la noble croix, l'image du Sauveur,
Sur nos bords doit jaillir la source du bonheur.
L'infortuné viendra murmurer la prière,
Un Dieu sera touché d'une larme sincère.
O tendre mère, allez prier avec ferveur
Pour l'enfant dont les maux ont brisé votre cœur;
Et vous, pauvres enfants, devant la croix sacrée,
Vous prierez pour les jours d'une mère adorée.

A l'Hôpital Chalonnais.

⁂

Je te salue enfin, asile gracieux,
Toi que du philanthrope appelaient tous les vœux;
Edifice charmant qui noblement jalonnes
Un site des plus beaux, la rive de Chalonnes.
Tu viens réaliser, dans ce jour enchanteur,
D'un maire généreux l'espoir le plus flatteur.
L'homme ira contempler l'éclat d'une structure,
Orgueil de ce rivage et de l'architecture.

Mais un triste penser déjà vient l'assombrir

Devant l'infortuné, devant ton avenir;

Comme le fruit charmant, la rose purpurine

Où l'insecte cruel va porter la ruine;

Sous tes riants lambris, asile du malheur,

Oui, tu vas renfermer l'ennemi destructeur.

Ainsi que dans les flancs d'un radieux nuage,

En ton sein va couver plus d'un affreux orage.

Comme un vaisseau qui va dans les flots s'élancer,

Tu montres le naufrage au regard du penser.

Ah! puisse un voile heureux couvrir la sombre image

Que devant tous les yeux le sentiment propage !

Puisse de tes lambris, où s'empreint la fraîcheur,

Ne jamais s'élancer l'écho de la douleur !

Qu'une brise suave aille porter l'arome

De ces riantes fleurs dont le calice embaume;

Que des cieux la lueur, en rayons bienfaisants,

A travers l'air serein vienne aux yeux languissants.

Vers ces lieux enchantés, la naïade propice

Répandra ses bienfaits, la fraîcheur, le délice.

Sous le rayon du jour, l'ombrage gracieux

D'un air pur lancera les torrents précieux;

Des plus riants oiseaux la suave harmonie

Viendra du malheureux souvent charmer la vie.

Ainsi que l'hirondelle, en ton sein attristé,

Oui, reviendront enfin le bonheur, la santé.

Sous tes lambris on doit voir la femme charmante

Se poser en madone, en rose séduisante.

Tu verras succéder, aux lys de la langueur,

Des roses qui viendront traduire la fraîcheur.

Puisse un fer tutélaire, en conjurant l'orage,

Eloigner de ton sein la terreur, le ravage!

Puissent les ouragans, l'aquilon furieux,

Ne jamais agraver un état malheureux!

Les soins les plus touchants, une ferveur divine,

Des regrets, des chagrins vont émousser l'épine.

La sœur de charité, comme un ange des cieux,

Va déployer l'éclat d'un zèle glorieux.

Son âme, entre le ciel et l'horrible souffrance,

En arc-en-ciel propice à tout moment s'élance.

Un art vraiment sublime, admirable d'ardeur,
Viendra sur tous les maux épancher sa faveur.
De nobles citoyens, le plus généreux maire,
Ici vont prodiguer un soin toujours prospère.
Devant le zèle heureux de l'esprit et du cœur,
Devant l'art médical, la sublime ferveur,
Nous verrons tous un culte à la philanthropie,
Un culte où des vertus jaillira l'ambroisie.
Que la douce espérance à des cœurs malheureux
Apporte un doux mirage, un songe gracieux;
Qu'elle vienne jeter un voile salutaire
Sur le tableau qu'érige une sombre misère.
Deux pays distingués vont serrer les doux nœuds
Qui doivent réunir tous les cœurs généreux;
Vers un but consolant la douleur les rallie,
Comme elle unit deux cœurs regrettant la patrie.

SUR UNE FÊTE CHALONNAISE.

Quels ravissants accords ont frappé mon oreille!
Aux bruits de pieux chants soudain l'écho s'éveille;
Sur nos bords enchantés un barde gracieux
Fait rouler noblement des sons harmonieux;
Au gré d'un beau penser l'âme à l'instant s'élance
Vers le trône des cieux, trône où la Providence
Verra d'un œil touché les traits de la douleur,
Les pleurs de l'orphelin, l'angoisse du malheur.

21

Devant les hauts talents, une lyre charmante,

Le regard vole aux bords d'une mer mugissante,

Au sein de la tempête, où le nocher aux cieux

Pour ses pauvres enfants adresse tous ses vœux.

A travers les doux flots d'une belle harmonie,

L'homme erre avec transport sur la plage attendrie,

Où pour sa triste mère, avec le plus grand art,

L'enfant vient demander la pitié, le liard.

Elève d'Apollon et cher à Polymnie,

Un mortel dont Thémis doit anoblir la vie,

Talbot, dont le talent, la sympathique voix

Verse tant de lumière au dédale des lois,

Talbot vient conquérir, par de brillants ouvrages,

Dans nos joyeux vallons les plus justes suffrages.

Il a fait dans nos cœurs vibrer suavement

La fibre des vertus, du noble sentiment;

Au sein de touchants vers où brille l'harmonie,

Il a fait ondoyer de son cœur l'ambroisie.

Honneur à son pinceau, dont les fidèles traits

Des plus sombres couleurs peignent les noirs forfaits;

Honneur à son talent, dont l'art digne d'envie

Epanche le délice avec tant de magie.

Quel luxe merveilleux, quelle belle splendeur,

Dans un salon féerique, où la plus sage ardeur

Groupe les sommités, les vertus honorables,

Réunit les pensers, les cœurs les plus aimables!

Là, vient se marier à l'arome des fleurs

Le parfum des talents, des plus généreux cœurs.

Hommage au fondateur de l'asile prospère,

Où viendront s'abriter la douleur, la misère,

A Fleury, qui toujours de la philanthropie

Propagea les bienfaits, la divine ambroisie!

A M. Guillory.

⟡

D'un homme généreux rappelant la mémoire,
Tu viens, dans un récit agréable, charmant,
D'une plume facile et digne de l'histoire,
Célébrer des vertus l'éclat le plus brillant.
À ta voix, du tombeau se ranime la cendre,
Turbilly devant nous surgit majestueux;
Ton zèle bienfaisant, oui, sur lui vient répandre
Le charme le plus doux, le plus délicieux;

D'un éclat ravissant ton pinceau l'environne ;
Cet homme vertueux, agronome et guerrier,
Aux guérets de Cérès, dans les champs de Bellone,
Va partout moissonner un éclatant laurier.
Tu sais, en promenant le flambeau de l'histoire,
Montrer le philanthrope au sentier de l'honneur,
Au milieu de héros éblouissants de gloire,
A travers des talents rayonnants de splendeur.
Sous l'aimable rayon que lance ta lumière,
Nous remontons les flots d'un âge intéressant,
D'où s'élève toujours une voix salutaire
Qui vient nous apporter un noble enseignement.
C'est loin d'affreux combats, dans un manoir agreste,
Que Turbilly surtout épanche ses bienfaits,
C'est là qu'il fait briller une vertu céleste
Que la postérité va redire à jamais.
Il paraît, le travail vient chasser l'indigence ;
L'industrie à l'instant propage sa faveur ;
Bientôt l'heureux succès enfante l'abondance
Et sur de tristes lieux amène le bonheur.

L'ormeau, le peuplier, formant un vaste ombrage,

Devant le mûrier blanc élèvent leurs rameaux;

Le marais desséché, la nature sauvage,

Se couronnent partout des arbres les plus beaux.

Dans les champs attristés par la ronce éternelle,

Sur le terrain fertile en bruyères, en joncs,

D'utiles végétaux la sève se révèle,

Sous les regards ondoient les riantes moissons.

Des talents, des vertus, le zèle prospère

Reçoit un doux suffrage, un prix encourageant,

Et sur l'agriculture une sage lumière

En tout lieu vient jeter son rayon consolant.

Un seul homme, animé d'un ardeur vénérable,

Fit de sa noble flamme éclore le bonheur;

Mais de l'injuste oubli la nuit trop déplorable

Environnait déjà l'éclat le plus flatteur.

Ton ouvrage apparaît, signale un noble zèle;

Oui, pour jamais il vient jeter sur Turbilly,

Sur ses dignes talents, la splendeur la plus belle.

La vertu dans ton cœur sait trouver un appui.

De même que Phœbé, d'un astre tutélaire
Reçoit dans son orbite un rayon éclatant,
De même Turbilly va d'un talent prospère
Recevoir à jamais l'éclat le plus brillant.
Les fleurs que fit germer son aimable sagesse,
Devant ton charme heureux viennent s'épanouir;
Telle, aux feux d'un beau jour, la rose enchanteresse
Pour flatter nos regards vient enfin s'entr'ouvrir;
En voyant dans ton cœur l'amour philanthropique,
Tous les sublimes feux dont brûlait Turbilly,
Le monde associera dans un nœud magnifique,
Le nom d'un philanthrope au nom de Guillory.

LE CHIFFONNIER.

⚬⊷❦⊶⚬

Voyez le pauvre chiffonnier
Courir, la hotte sur l'échine,
Monter jusqu'au fond du grenier
Vers le chiffon qu'on lui destine ;
Il a des ennuis moins nombreux
Que ne pense un monde vulgaire ;
Des tableaux divers, curieux,
A tout moment vont le distraire.

Ce morceau d'habit, qu'un soldat
Avec regret voit sur la paille,
Au chiffonnier vient du combat
Signaler les feux, la mitraille.
Il voit soudain nos fiers guerriers
Partout voler à la victoire,
Moissonner les plus beaux lauriers,
Lancer tout l'éclat de la gloire.

Le chiffon encor parfumé,
Que vient présenter la soubrette,
Révèle au chiffonnier charmé
Le gai boudoir d'une coquette;
C'est là que du plaisir charmant
Elle fait éclore la rose,
Pendant que fort paisiblement
Le mari loin d'elle repose.

Ces fragments que tache le vin
Et qu'on a jetés sur la paille,

Au chiffonnier viennent soudain
Traduire la douce ripaille;
Il voit le repas séduisant
Chez Mondor verser les doux charmes,
Quand sous le toit de l'indigent
Devant la faim coulent des larmes.

L'humble débris que la sueur
Vint baigner chez le prolétaire,
Au chiffonnier montre un labeur
Que vint réclamer la misère;
Il voit les plus rudes travaux
Assombrir toute la semaine;
Un seul jour verse le repos,
Mais sans pouvoir charmer la peine.

Le chiffonnier voit maints hochets
Dont le mérite se décore;
Désormais sur des corps abjects
Il ne les verra pas éclore.

S'ils ont d'un infime intrigant
Fait la parure journalière,
Ils ont un sort peu différent
Au sein de l'infime poussière.

Allons chercher l'enseignement
Chez le chiffonnier qu'on délaisse,
Il saura nous dire comment
On peut marcher avec sagesse.
Il fuit le mauvais, prend le bon;
Faisons de même dans la vie;
Cherchons la plus sage raison;
Laissons le vice et la folie.

A LA CLOCHE DE SAINT-MAURILLE,

lors du rétablissement du culte.

─◦✿◦─

Je te salue, airain prospère,
Toi, dont le son vint tant de fois
Au concert de l'humble prière,
Appeler nos cœurs et nos voix;
Tu viens, en rompant le silence,
Eteindre l'accent de douleur;
Avec tes bruits nouveaux, s'élance
Parmi nous le cri du bonheur.

Ah ! je l'entends frémir encore
La voix qui soudain enchaîna
De tes échos l'onde sonore
Et si longtemps nous désola ;
Devant la foule consternée
Se dressa le temps abhorré,
Où l'impiété forcenée
Osait souiller l'autel sacré.

Bientôt de l'âme stupéfaite
Le saint élan fut ralenti ;
La foi même sembla muette
En perdant ton accent chéri ;
L'heureux négoce qu'elle enfante
S'enfuit de nos comptoirs déserts ;
Près d'eux la misère incessante
Versa les fruits les plus amers.

Enfin, ce zèle dont naguère
On vit pâlir tous les rayons,

A repris son ardeur première
Devant tes ondulations.
Avec ton bruit, ton doux langage,
Des vertus le culte renaît;
Tu vas encor sur le rivage
Du ciel soutirer le bienfait.

Au sein de l'oreille charmée,
Au sein du plus bel horizon,
En onde suave, embaumée,
Fais encore ondoyer le son;
A ton flot digne et salutaire
L'âme va confier ses vœux;
Ah! qu'avec lui de la prière
Le parfum monte vers les cieux!

Mêle enfin ta sainte harmonie
Au chant joyeux du tendre hymen;
Que tes sons bruyants de la vie
Proclament le riant matin;

Pour l'homme, que la mort barbare
A la tendresse osa ravir,
En glas qu'au loin ton flot s'égare,
Qu'il soulève un touchant soupir!

Si le cri glaçant des alarmes
Vient réclamer des citoyens
Le courage, le bras, les armes,
Fais rouler des échos lointains;
De tes sons que l'onde rapide
Aille en tocsin impérieux,
Au foyer, au sommeil perfide,
Arracher l'homme généreux!

Quand de l'été sur le rivage
Le soleil dardera ses feux,
Que ton bruit flotte sur l'ombrage,
En soulevant de touchants vœux;
Qu'il vienne à travers l'atmosphère
Du nuage ébranler les flancs!

Puisse alors tomber sur la terre
Une eau féconde, espoir des champs !

Que tes bruits, devant l'opulence,
En longs échos fassent vibrer
Un or qu'à la triste indigence
A jamais on doit consacrer ;
Sous des lambris pompeux enflamme
Le zèle de la charité ;
Tonne, réveille, agite l'âme
Sourde au cri de la pauvreté.

Sous l'humble toit de la chaumière,
Faisant planer des sons lointains,
Charme soudain la plainte amère,
Taris les larmes du chagrin.
Au regard de l'âme assombrie,
Ouvre l'Eden si beau des cieux ;
Pour elle, fais d'une autre vie
Frémir l'écho délicieux.

Lorsque des ans la route mène
Vers des écueils nos pas glissants,
Que tes bruits à l'âme incertaine
Apportent des enseignements!
Ainsi, près d'un couvent sublime
La cloche souvent résonna
Pour le voyageur qu'un abîme
D'un sort terrible menaça.

Comme à ce digne monastère,
Sous le dôme où l'on t'éleva,
Appelle d'un son tutélaire
L'infortuné qui s'égara;
Vers le temple, au malheur propice,
Qu'il chemine d'un pas certain!
Là, d'un fanal qu'il se munisse
Pour gagner des cieux le chemin!

Du plaisir la voix séduisante
Près de toi souvent retentit;

Mais de tes sons l'onde éclatante
D'un vain songe éteint le vain bruit;
Ainsi le cri de la tempête
Vient absorber dans ses échos
Le son que la brise projette
En se jouant dans les rameaux.

Sous tes bruits qui les électrisent,
Oui, dans leur pure émotion,
Tous les fidèles sympathisent;
Ils vibrent tous à l'unisson;
Dans les flots de ton harmonie
Ils voient tous le rappel heureux
De frères que l'amour rallie
Sous l'étendard chéri des cieux.

Du jour nous révélant les phases,
Du soleil traduisant le cours,
Ton langage, en sublimes phrases,
Du ciel nous parlera toujours;

En signalant l'œuvre éclatante
Où Dieu nous semble reflété,
De tes sons l'écho nous présente
Un hymne à la divinité.

Ainsi que dans la noble page
Où va se mirer la raison,
L'homme sait lire en ton langage,
Il y voit un divin rayon;
Que docile à ta voix il sème
Pour cueillir dans un beau lointain!
Qu'enfin l'espoir, brise suprême,
Des ans parfume le déclin!

LA VIOLETTE.

Combien je t'aime, ô violette!
Qui, sous le gazon enchanteur,
Viens savourer de la retraite
La paix, l'ineffable bonheur ;
En vain tu voudrais te soustraire
A nos regards, à notre main ;
Ton arome, sûr de nous plaire,
Vers toi nous appelle soudain.

En dépit de ta modestie,
Une main te pose souvent
Au sein d'une femme jolie
Qu'embaume ton parfum charmant;
Comme toi la vertu brillante
Voudrait se dérober aux yeux,
Mais une foule qu'elle enchante
L'élève au poste glorieux.

Combien d'hommes vont, solitaires,
Exhaler à travers les fleurs,
Au sein de gracieux parterres,
Le parfum des plus nobles cœurs!
En toi je vois le doux emblême
De leurs vertus, de leurs attraits,
Comme eux tu sais d'un charme extrême
A nos yeux verser les reflets.

Jamais tu n'as su de la rose
Imiter l'art souvent trompeur,

Jamais ton calice n'oppose
A notre main le dard vengeur;
On peut, violette suave,
Au sein du bocage enchanté,
Aller te cueillir sans entrave,
Pour te livrer à la beauté.

De ce héros dont la mémoire
Sera toujours chère aux Français,
De ce héros qui de la gloire
Fit jaillir les plus beaux reflets,
Parfois, violette chérie,
Tu parus l'emblême à nos yeux;
De sa grande âme l'ambroisie
Jeta des flots délicieux.

Chez Thalie on le vit paraître
Sous les plus modestes couleurs,
Devant la loge où semblait être
La fraîche corbeille de fleurs;

En fuyant la rose coquette,
Nos yeux saluaient les vertus
De ce héros, ô violette!
Qui nous offrait tes attributs.

COUPLETS

pour la fin de l'année scolaire.

◦❃◉❧◦

Air : des Girondins.

REFRAIN.

Enfin, de nos vacances
L'heure va donc sonner; plus d'ennuis, de souffrances.

Que de fleurs pour nous vont éclore
Au soleil de la liberté!
Pour nous vont se changer en flore
Le plaisir, la douce gaîté.

Enfin, etc.

Du congé la douce influence
Aujourd'hui sait nous convertir
En papillon gai qui s'élance
Parmi les roses du plaisir.

  Enfin, etc.

Adieu classe où je vins traduire
Mes dégoûts par des bâillements,
Adieu cahier où l'on respire
Des effluves narcotisants.

  Enfin, etc.

Adieu nos bancs, adieu la table
Où venaient se briser mes os,
Adieu la place détestable
Où l'ennui jetait ses pavots.

  Enfin, etc.

Fâcheux tableau, dont la ficelle
Enchaîna toujours le souci,

Comme à sa bannière éternelle
Vers toi se rallia l'ennui.

    Enfin, etc.

Comme la triste Philomèle
Je déplorais mon noir destin;
Je ne battais plus que d'une aile
Quand j'avais la plume à la main.

    Enfin, etc.

Adieu mon encre de la Chine,
Que trop souvent mon nez reçut.
Ah! pour la blanche mousseline
Tu n'es pas l'ancre de salut.

    Enfin, etc.

Pendant le sommeil à la page
Mon nez parfois se mariait,
Et, pour fêter le mariage,
Le canon de ce nez ronflait.

    Enfin, etc.

Adieu Mentor dont je révère

Les vertus, le noble talent,

Ton image à nos cœurs si chère

Devant nous sera constamment.

　　Enfin, etc.

LES ÉLECTIONS.

Beau jour de nos élections,
Tu parais; une foule ardente,
Fertile en salutations,
Nous tend les bras, nous complimente :
On nous prodigue tour à tour
Doux sourire, belle promesse,
Eloge digne de la cour,
Soins qu'envierait une maîtresse.

Avec l'air mielleux, caressant,
De la servile complaisance,
Devant nous un fat insolent
Vient dépouiller son arrogance;
Nous croyons voir ce jour divin
Où, brisant d'horribles entraves,
Un maître fier, l'altier Romain
En laquais servait les esclaves.

On offre au palais enchanté
Les dons suaves de la table;
On nous fait de la royauté
Savourer le charme ineffable;
De ce Grégoire qu'un moment
On posa sous le diadème,
Je goûte le ravissement;
Je m'élance au bonheur suprême.

On promet à l'ambitieux
Pouvoir et titre magnifique;

Pour satisfaire à tous les vœux
On a la baguette magique;
Rien ne peut du bon candidat
Borner l'obligeance opportune,
Il promet tout, richesse, éclat,
Il vous accorderait la lune.

Un plaisir suave, enchanteur,
Est goûté par la raison sage,
Lorsque la plus noble faveur
A l'honneur pur est un hommage.
Oui, sans balancer, couronnons
Les vertus les plus admirables,
Au vrai mérite décernons
Les titres les plus honorables.

UNE RÉPONSE.

Loin d'une femme enchanteresse,
Dont l'éclat sut ravir les yeux,
Je n'irai pas de ma tendresse
Révéler encore les feux;
Je n'irai pas en téméraire,
Que l'âge enfin stigmatisa,
Retracer le brûlant cratère
Qui de frimas se couronna.

23

En ombrage heureux, tutélaire,
Je ne puis à la douce fleur,
A la liane, au tendre lierre,
Offrir un abri protecteur;
Je vais me trouver seul en butte
Aux coups de l'orage effrayant,
Et je n'irai pas dans ma chute
Briser le roseau confiant.

Loin de la consolante amie
Dont le charme fit mon bonheur,
Je verrai s'écouler ma vie
Dans les ennuis, dans la douleur.
Plus malheureux que l'hirondelle
Je cherche un rivage lointain;
Ah! nulle compagne fidèle
Ne doit égayer mon chemin.

En ruisseau plaintif du bocage,
Je vais avec rapidité,

Gagner, sous le plus triste ombrage,
L'océan de l'éternité.
De mes ans la naïade aimante
Ne doit plus embellir le cours;
Loin de la tristesse glaçante
S'enfuit la brise des amours.

En palmier, hélas! solitaire
Au milieu d'un désert affreux,
J'oppose mon front téméraire
Au vol des autans furieux.
Jamais sur ma cime brisée
Un doux rayon ne planera;
Jamais du bonheur la rosée,
Hélas! sur moi ne tombera.

Je ne puis d'une tendre amie
Partager le riant destin,
Je dois toujours seul de la vie
Parcourir le sombre chemin.

Au sein d'une route accablante,
Pour mes regards pas une fleur;
Plus de tendresse consolante,
Pas un écho dans ma douleur.

A Élise, le jour de sa fête.

AIRS : Pour animer un sentiment.
Au sein d'une fleur tour à tour.

Dans le patron qu'il voit aux cieux,
Le sage avec bonheur contemple
Et le protecteur généreux,
Et surtout des vertus l'exemple;
C'est un usage que tu suis
Dès longtemps, ô charmante Elise!
Oui, les vertus de saint Louis
Ont de ton cœur fait la devise.

L'honneur qu'une mère enfanta,

Au gré d'un amour tutélaire,

L'honneur chez saint Louis brilla

Et dans la paix et dans la guerre;

Ainsi, de vertueux parents

Ont fait éclore dans ton âme

Des cœurs suaves, des cœurs grands,

La vertu, la sublime flamme.

Il régna sur tous les Français,

Le héros saint qui te patronne,

Et se montra digne à jamais

De la plus auguste couronne;

Des attraits les plus enchanteurs,

Faisant d'irrésistibles armes,

Tu viens régner sur tous les cœurs,

Oui, tu domines par les charmes.

On vit ce brave paladin,

Enflammé d'une ardeur guerrière,

A l'infidèle, au sarrasin,
Jadis aller porter la guerre;
Toi qu'environne dans ces lieux
Une amitié pure, immortelle,
Oui, tes charmes délicieux
Dompteraient le plus infidèle.

Le plus vénérable des rois,
Avant d'aller en Palestine,
En noble preux sut de la croix
Orner sa royale poitrine;
De même on verrait sur ton cœur
Flotter un insigne honorable,
Si l'on offrait la croix d'honneur
A la femme la plus aimable.

FIN.

TABLE.

POÉSIES FUGITIVES.

FIN DE LA TABLE.